ベリーズ文庫

エリートな彼と極上オフィス

西ナナヲ

STARTS
スターツ出版株式会社

目次

エリートな彼と極上オフィス

エリートな彼と極上オフィス

四月バカ

　その日の朝、コウ先輩は立ち寄りだった。

　私の所属するＩ《アイ》Ｍ《エム》Ｃ《シー》室は、この飲料メーカーの新社屋の最上階にある。

　壁一面を覆う開放的な窓からは、都心の緑が一望できる。最近話題のフリーアドレスというシステムを導入しており、メンバーには固定の座席がない。フロア内に点在するデスクを好きに使い、そこで仕事をする。

　ぷっくりしたＣの字みたいな形のデスクはキャスターで軽やかに動き、つなげて輪にすることもできる。

　もうすぐお昼というころ、社内資料をつくっていた私のデスクに、新たなデスクがガチャンと乱暴にドッキングされた。

「お疲れ、ちょっといい？　今日の共有」

　コウ先輩だ。

「お帰りなさい」

「ただいま、これ五分で読んで。コーヒー買ってくるわ、戻ってきたら質問を聞く」

先輩は私のPCにUSBメモリを差すと、鞄《かばん》をチェアに置いて、また慌ただしく出ていった。忙しい人なのである。

私はそれまでの作業を止めてメモリの中身を確認した。外部セミナーのレジュメで、ところどころに先輩のコメントが書き込んである。ビッグデータとかソーシャルグラフとか、それっぽい言葉の並んだレジュメに、辛辣《しんらつ》な突っ込みが入っていた。

数ページ読んだあたりで先輩が戻ってきた。

「どうだ」

「いまいちだったというのはわかりました」

「いまいちどころじゃねえよ、あんな話を真に受けて、巨大なデータ解析して、ありもしない答えを探しはじめる企業がいたら気の毒すぎるぜ」

「鵜呑《うの》みにするような担当者しか置かない企業は、それまでってことです」

「生意気言うじゃないか」

「先輩の受け売りです」

先輩が私のデスクにアイスコーヒーのプラスチックカップを置いた。見上げると彼は彼で自分のぶんを飲んでいる。

「いただきます」

「いただけ、これも市場調査だ」

　そう先輩が言うのは、そのコーヒーが自社製品を無料で飲める社内のフリーエリアのものではなく、向かいのビルに入っている外資系のコーヒーショップで買ってきたものだからだ。

「そこまでうまいとも思わないけどな、俺は」

「人は味ではなく、あの店で買うという行為自体にステータスを感じるのです」

「まさしくそれがブランドってやつだ」

「私個人としては、豆の卸業から始まった国内企業のコーヒーのほうがおいしいと思うんですけどね」

「人のやったもんにケチつけんなよ」

　自分でブランディングの話を始めたんじゃないか。

　一意見として発言したまでなのに、顔をしかめられるのは割に合わない。

　先輩はスーツの上着をチェアの背にかけ、私のＰＣを覗き込む。

「資料、進んでるか」

「あとちょっとです。自分であれこれ考えても仕方ないところまで来たので、粗《あら》いですが一度見てください」

「オッケー。サルでもわかる内容になってるか？」

「そう思うのですが……」

言っているうちに昼休みを告げるチャイムが鳴った。

ＩＭＣ室には革新的に新しい仕組みが導入されているものの、会社自体はれっきとした老舗メーカーだ。昔懐かしいキンコンというチャイムとともに、フロアの面々が席を立った。コウ先輩も腕時計を見る。

「続きは食いながらにしよう」

「そうだ、先輩に昨日のお釣りをお渡ししないと」

私はバッグから封筒を取り出した。

ゆうべはＩＭＣ室で飲み会があった。幹事の私が精算にわたわたしていたところ、コウ先輩が余分に千円札を数枚差し出し、『釣りはお前が使っていいよ、幹事お疲れ』と言って帰っていったのだ。

「いいって言ったのに」

「お気持ちがうれしかったので、お返しです」

先輩は軽く眉を上げて封筒を受け取り、その封筒で私の頭を叩いた。

「これでおごってやるよ、行こ」

先輩の名前は山本航《やまもとわたる》という。

一年前、新人研修を終えて先輩の下に配属された私は、人事部の美人社員さんが『コウちゃんよ』と紹介したのを真に受けた。社内にも多い苗字だから、そうやって呼び分けをしているのかと思ったのだ。

教えられたとおり〝コウさん〟と呼びかけるようになった私は、部内でそんな呼びかたをしている人はだれもいないことにやがて気づく。

しかしそのころには、今さら山本さんと呼ぶのもおかしい時期まできていた。

『なんで気づかないんだ』

『そっちこそ言ってくださいよ、引いたでしょ、最初』

『まあ驚きはしたけど』

じゃあ言ってよ。新人がいきなり先輩のことを独自の愛称で呼ぶなんて、これ以上恥ずかしいこと、ないじゃないか。

思い出すだけでも赤面するほどの事件だったのだけれど、周囲はそんなに気にかけてはいなかったようで、だんだん周りの人まで彼を〝コウ〟と呼びだす始末だった。

その流れの中で、いつしか私は〝コウさん〟から〝コウ先輩〟へと呼称を変えた。

特に意味はないつもりだった。だけど今思えば、結局は私だけの呼びかたをしたいという無意識の行動だったのかもしれない。

　人は矛盾のかたまりだ。


「これ、湯田《ゆだ》の悪いくせ。事実と考察が混ざってる」

「あっ、失礼しました、直します」

「いくつかあるからまとめて赤入れとく。それとな、お前の文章はな、なんていうか、うーん……」

　会社近くの中華レストランで、先ほどの資料をタブレットで追いながら、先輩がお箸を持った手を額にあてた。

「文章としてうますぎるがゆえに、言葉遊びをしちまうくせがあるな」

「学生時代もよく言われました」

「だろ。それが効果的なときもあるけど、こういう資料の場合はダメだ、使い分けられるようになれよ」

「どうしたらなれます？」

「実学書をひたすら読むとかかなあ。わかりやすい、わかりにくいって一目瞭然だから、なにかしら学べると思うぜ」

先輩は二年上。この四月に四年目になる社員だ。

さぞもてますでしょうねえという外見に率直な物言い。働き者で面倒見がよく、私が彼を〝先輩〟と呼ぶのは、そんな気質に対する愛称のつもりもある。

メーカー勤務には珍しい明るめの髪を自然な感じに流していて、背も高く、なんというか、スタイルも抜群にいい。ただし口は悪い。

そんな彼は、我らがIMC室で私を除けば最若手。新進気鋭のホープなのだ。

IMC室とは、ものすごく簡単に言ってしまうとブランディングを司る部署だ。この会社のブランド力をどう高め、どうお客さまに届けるのかを考える。

ではブランドとはなにか？　商品力、販売力、お客さま満足度？

その問いは奥深く、すべての企業が現在進行形で悩んでおり、近年提唱されたひとつの答えが〝全部〟だ。

ここはその〝全部〟を統括してマネジメントする部署で、こんな部署が設立されたということ自体、日本企業としては革新的といえる。

そんな部署に私が配属された理由は、正直よくわからない。

「IMC室も二年目ですね」

「俺たちのイメージの社内調査をするらしいぜ。千明《ちぎら》のとこが準備してた」

「やっぱり必要ですかね？」

「お前は知らないだろうが、うちの会社は九十五％がまだひと昔前に生きてる。新しいことを広めるには、それなりに段階を踏まないと」

つまり、会社のだれもがＩＭＣ室の必要性を認めているわけではないってことだ。

「みんなが先輩ならいいのに」

空調の気流から守るように、両手で囲って煙草に火をつけながら、先輩は目を細めて私の軽口を受け流した。

本心ですよ。

全社員が先輩や、ほかのＩＭＣ室メンバーのような柔軟で先進的な考えを持っていたら、この会社はたちどころによくなる。

こんなペーペーの私ですらそう感じるのに。

なぜ大企業はこうもお尻が重いのか。


午後、外出の準備をしていると、先輩が声をかけてきた。

「湯田、出先から直帰だろ？　あっちにうまい店知ってるんだ、飲んで帰ろうぜ」

「今日は同期飲みだぞ、山本」

私が答えるより先に、別の声がする。いつの間にか私たちのそばに立っていたのは、広報部の千明さんだった。コウ先輩の同期だ。

コウ先輩と同じくらいのすらっとした背丈に、眼鏡をかけたりかけなかったりする知的な顔立ち。IDを提げたネックストラップの先を、ワイシャツの胸ポケットに入れている。このふたりは仲がいい。

「あれっ、そうだっけ?」

コウ先輩が椅子の上から彼を見上げた。

機密の打ちあわせなどをしていないときは、IMC室は非常にオープンで、他部署の人も自由に出入りし、ここにしかない資料や書籍を借りていく。

広報部は部屋も隣接している上に、千明さんはIMCの取り組みを社内に認知させる活動の担当でもあるので、特に出入りが多い。

千明さんが、あきれた顔で腕を組んだ。

「外出って鶴見《つるみ》の生産部門だろ? なら戻ってこられるじゃん」

「んー、いや、いいや、俺はまた今度」

「同期が湯田ちゃんに妬《や》くぞ」

「妬くならIMC相手にしてくれよ」

コウ先輩は「あとでな」と私を指差し、打ちあわせのためにIMC室を出ていった。

この部屋の廊下側は一面ガラス張りになっていて、中が丸見えだ。秘書室か、と当初は思わなくもなかったけれど、最上階という場所柄人通りも少なく、すぐに慣れた。

ガラス越しに先輩を見送った千明さんと私は同時に顔を戻し、必然的に目が合った。

「忙しい奴だね、まったく」

「ご同期はみんな仲がいいんですか？」

「わりとね、そっちは？」

「まあまあだと思ってたんですが、仕切り屋のひとりが同期内で彼女をつくったら、なんだか微妙な空気になりました」

「はは、わかる」

今日は眼鏡ありの賢そうな顔が笑う。

「うちもある時期、女どもが勝手に関係悪くなって、いまだに疎遠の奴とかいるよ」

「なぜ悪化を？」

「そりゃ、あいつのせいだよ」

千明さんは親指で、コウ先輩の出ていった廊下を指した。

ははあ。やはり先輩はおモテになるのだ。

「自覚はないけど、ムードメーカーなんだよね。あいつがやるならみんなついてくし、あいつが気乗りしない計画は、たいてい倒れる」

「いますね、そういう人」

「本人には内緒ね、あいつはそういうポジション嫌いだから。そんな位置にいるって気がついたら本気で縁を切りかねない」

「しかと承知しました」

私はぴっと敬礼し、請け合った。


コウ先輩とは外出先で合流し、仕事を済ませたあとで予定どおり食事にくり出した。

「違います違います、そんな目的で社長に出てもらおうと言ってるんじゃないです」

「じゃあ、なんだよ」

「どんなきれいごとを言おうと、ブランディングはトップダウンでなきゃ進まないんです。そのために社長の熱い声が欲しいんです」

「IMC室立ち上げのときに、さんざんインタビューしたぜ」

「だからこそです、その想いが今も変わってないと、社員に対して言ってもらう必要があるのです、定期的に、あっすみません」

興奮のあまり振り回したししゃもが折れて、先輩のお取り皿にうまくのった。「腹減った」を連発していた先輩は、ためらいなくそれを手づかみで口に入れる。

私の食べかけだったのだけれど、まあいいか。

「続けて」

「えっと、会社はどうしたって社長のものなんですよ。できるものなら社長ひとりで全部やればいいんです」

「また極論だな」

「でも無理だからみんなが手伝ってるんです。社長は自分の言葉で、会社をどうしたいか言わなきゃダメです。社員はその実現のためにいるんですから」

先輩はビールを飲みながら考え込み、やがて私を見てしみじみと言った。

「お前、ほんとおもしろいなあ」

「え」

「同期なんかといるより、お前と話してるほうがよっぽど楽しいわ」

先輩のつれてきてくれた飲み屋は、こぢんまりした店構えのいかにも先輩が好きそうな雰囲気で、お酒と食べ物のおいしい店だった。

店内に数席しかない小さなテーブル席の奥まったひとつで、こんなかっこいい人から面と向かってそんなこと言われたら、乙女心にフラグも立つというものだ。

そもそも山本航という人は、最初からいささか問題ありだった。

配属の挨拶の日、緊張でカチコチだった私に満面の笑みで『よろしくな！』とさわやかに握手してきたことに始まり、口は悪いわりに褒め上手で、私が課題をクリアするたび一緒に喜んで、よくやったと褒め倒してくれる。できないと、『なにが問題なんだろうなあ』と一緒に頭を抱えてくれる。

ランチでも夕食でも飲みでも遠慮なしに私を誘い、夜だろうが休日だろうが、仕事のアイデアややっておくことを思いついたら即連絡してくる。

勘違いもするというものだ。

ときめき耐性のないところにこんな人と組まされて、舞い上がり慣れしていない私はすっかり精神をやられ、物事が見えなくなっていた。

「私、先輩のこと好きなんですよ」

だからこんなことを口走った。

先輩は「そりゃそうだろ」とメニューを眺めながら脚を組み替えた。口には砂肝の串をくわえている。

「俺だって……」

鉄板の天然な返しは途中で消えた。私を見たからだ。自分の言ったことに激しく動揺して、真っ赤になって震えている後輩の姿を見つけたから。

「……湯田？」

いえ、あはは、すみません、なにを言ってるんでしょうね、私。好きとか、そういう意味じゃないです。先輩として憧れてるっていうことですよ、知ってるでしょ。

さらりとかわす自分を想像したけれど、ダメだった。

現実の私は完全に停止。呆然とする先輩を前に、ひと言も出てこない。

念のため言っておくと、私は決して、〝いける〟と思ったからこんなことを口走ったわけじゃない。思い悩んで思い悩んで、というわけでもない。

ただ日々先輩といるうちに、ああこれがいわゆる恋かなと思うことはあって、だけどそんなの意識したら終わりだってことも知っていた。

そう、知っていた。

目が合った。

先輩の表情がさっとこわばるのを見た。もう逃げられないと悟ったように。

それでも恥をしのんで白状すると、このときまで私の心には、万にひとつを期待する気持ちがあった。

だって先輩は、どう考えても私にかなりのウェイトを割いている。それは事実だ。一緒にいる時間も長いし、開口一番私を呼ぶし、なんたって優しいし、先輩だって楽しそうだ。現に楽しいと言ってくれたばかり。

私は途方もない大バカだった。このあとすぐに、それがわかる。

「ごめん、俺、お前のことは……」

ためらいがちな言葉が、ずしんと心臓をえぐった。

「……お前は、なんていうか。……そういうんじゃなくて」

その声は弱々しく、かすれて震えていた。

なんでだろう、先輩のほうが泣きそう。

両手をテーブルの上で組みあわせて、視線をうろうろ下のほうにさまよわせて、硬い声で、すごく緊張しているみたいに、ときおり喉を詰まらせる。

こんな先輩、はじめて見る。

いつも胸がすくような自信と、はきはきした闊達《かったつ》な物言いで輝いている人なのに。

なにをしているんですか、先輩なら何度だってあったでしょう、こんな展開？

もっとなにげなく流してください。

私は初心者なんです。未経験なんです、こんなの。

だから……だから……。

「なあ湯田、ごめん」

先輩は組んだ手を額にあてて、きつく目を閉じ、絞り出すように言った。

「ほんとにごめん」

まあ、つまりは私がバカだったという話。

五月の悔恨

「痛い！」

「何回呼ばせるんだ！」

「え？」

振り向いたらコウ先輩が見下ろしていた。手には先ほど私の頭を叩いたらしい資料の束《たば》がある。

「人事部との打ちあわせだ、行くぞ」

「はいっ。あれ？」

私は仕事の手を止め、ＰＣを閉じて準備を始めた。だけど予定の時刻まではまだ時間があるような？　首をかしげる私に、先輩が言い添えた。

「向こうの部長の時間が急に空いたから、前倒しして来いって連絡があったんだ」

「なるほどですね」

椅子の背にかけていたジャケットを取り、先輩と廊下へ出た。足早に並んで歩く先輩が、ひそめた声で耳打ちする。

「人事部長は若い子に目がないことで有名だ。お前、なにかされてもキレんなよ」

「セクハラの難しさは、なにをされたかではなく、だれにされたかが問題だというところで……」

「しっ」

だしぬけに紙資料でパーンと顔を叩かれた。さすがの私も衝撃で固まる。

先輩は廊下を前方からやってきた人物に頭を下げた。

「榎並《えなみ》部長、ご足労いただいて恐縮です」

「いやいや、ＩＭＣ室からの呼び出しなんて光栄だからね、どこへでも行きますよ」

自信たっぷりの甘い低音ボイスは、電話で聞いたことがある。

これが件《くだん》の人事部長か。

押し出しのいい体格に小粋な身なり。部長クラスに秘書はいないはずなのに、きれいな女性社員を連れている。

しげしげと観察していたら、向こうがにこりと微笑んだ。

用意したのはＩＭＣ室と同じフロアにある会議室だ。ここは社内の会議室予約ネットワークに掲載されていない。特殊な業務が多いため、〝ＩＭＣ室とどこどこの部署が打ちあわせをしていた〟ということ自体、公にできない場合が多いからだ。

小さな会議室に入り、席につくとすぐに、話は核心に入った。

「なるほどね、スペシャリスト採用」

「今の人事方針がゼネラリスト育成であることは承知しています。大半はそれでもいい、ですがＩＭＣ活動にはスペシャリストが必要です」

「そもそも日本企業のゼネラリスト志向も、もう古いときみは言いたいのだろうね」

柔らかい椅子の背もたれに体重を預け、ゆったりくつろぐ部長に対し、先輩が慎重に言葉を選んでいるのがわかる。

この会社も古い日本企業の例に漏れず、社員は約三年で部署移動をし、さまざまな業務を経験して総合的な知識をつける。当然ながらこの方法では専門家、すなわちスペシャリストは生み出せない。

今ＩＭＣ室は、スペシャリストを求めている。特定の分野において広く深い知識を持ち、腰を据えてその知識をアップデートし、活用できる人を。

「私個人の考えを申し上げれば、そうです。が、ＩＭＣ室はまだそこまでの転換を求めてはいません」

「スペシャリストは、中途採用でもいいのかね」

「できましたら両方。即戦力となる中途社員と、自社へのロイヤリティの高い新人、どちらも欲しいです」

「検討しよう」

あっさり承諾された。先輩は「ありがとうございます」と拍子抜けしたように言う。

「失礼ですが、スペシャリスト採用には相応の基準が必要となります、その準備もしていただけるという認識でよろしいですか」

「あなたは、何年目かね」

榎並部長は突然、私に話しかけてきた。思わず背筋を正す。

「二年目になりました、湯田と申します」

「お若いね」

「ではのちほど今日のお話を改めてメールいたします。実務的な担当者をひとりつけていただけますか」

私の返事を遮るように、先輩が書類をそろえながら言った。はい解散、という空気を無視して、部長は私に微笑みかける。

「そちらの実務の窓口は、あなたでよいのかな」

「ええ、私にご連らくっ」

テーブルの下で、足の甲にかかと落としをくらった。

男の人は知らないだろうが、パンプスを履いているときの足の甲はむき出しで、踏まれたりするとかなり痛い。そして私もはじめて知ったが、男の人の革靴のかかとはなかなか重量感があり、けっこうな攻撃力だ。

先輩は私に目もくれず、榎並部長に告げた。

「私が担当します、ご連絡は山本宛てにください」

「わかりました、連絡させましょう」

これ絶対、痣《あざ》になる。

涙をこらえながら、三人に合わせて立ち上がった。

「お前、なに考えてんだよ」

ＩＭＣ室へ戻るなり、ただちに罵声《ばせい》を浴びた。

「その言葉、そっくりお返しします……」

たび重なる暴力にダメージを受けていた私は、自然と声が低くなる。

「あいつの視線、見たろ。お前が窓口だなんて言ったら、連絡にかこつけて絶対誘われてたぞ」

「それでもいいじゃないですか、気に入ってもらえて、結果、依頼したことがうまく運ぶなら」

「お前、そんなんで仕事回して、うれしいのかよ」

「私がうれしいかどうかは関係ないでしょう、最終的にスペシャリスト採用が実現すればいいわけで」

「すればいいわけでって……」

先輩が絶句する。なんなんだ、今日の先輩、しつこいな。

「お前、そういうの、なんとも思わないのか」

「そういうの、とは？」

「その、女を武器にするみたいな」

なんと。これにはかちんときた。

「なんとも思わないわけないでしょう、不愉快ですよ。でも実害がない限りは、リターンがあるなら我慢できるってことです」

「そんな我慢、しなきゃいい」

「いったいこれは、なんのお話なんですか？　私は先輩の叱責を受けるほどのまずい対応をしましたか？」

知らないうちに、声が大きくなっていたらしい。室内のメンバーの視線を感じる。

先輩も気まずそうに、ちらっと室内に目を走らせた。

「俺……俺はたんに、もっと自分を大事にしろって」

「差別とか圧迫だとか、騒ぐのはたいてい外野なんですよね。本人そっちのけで勝手に代弁して、正義を行っている気になって」

「なんだと?」

「なのに痴漢にあっても大声をあげなかったら、いやじゃなかったんでしょって言われるわけですよ」

「お前こそなんの話だよ。俺は、お前が犠牲になることなんてないって」

「常に当事者が無視されるって話です。武器を使ってなにが悪いんですか、先輩だってそのかっこよさ、さんざん武器にしてきたでしょ!」

「かっ……?」

先輩は今度こそ目を丸くして、顔を赤らめる。

してねえよ、と言いたいのはわかるが、それを言ったら自分がかっこいいと認めることになるので言えないだろう。

ああ、口をぱくぱくさせていても、先輩はかっこいい。

「なんで女だけ、それを武器にするのは卑《いや》しいとされるんですか。それこそ差別だと思いませんか」

「卑しいなんて言ってない、お前が傷つくって」

「それがよけいなお世話だと」

「はい、そこまで！」

私と先輩の間に割って入り、パンと手を打ち鳴らしたのは千明さんだった。そのとき、ちょうどよく昼休憩を告げるチャイムが響く。

「ほら、続きは食いながらやってこい。なにやってんだお前ら、仕事中に」

これまでなら、コウ先輩はこういうとき、議論を中断することなく徹底的に私と話してくれた。だけど今日の彼は、気まずそうに私と千明さんを交互に見ただけで、ひとりで部屋を出ていってしまった。

取り残された私は、居場所のない気分でうつむく。

千明さんはため息をついて、私の肩を叩いた。

「どうしたの、最近？」

どうもしていません。

三週間前、私が先輩に好きですと口走って、先輩はごめんと頭を下げた。

それだけです。

私が愚かな過ちを犯した翌日から、先輩は私をご飯や飲みに誘うことはなくなった。夜や休日に連絡が来ることもなくなった。

仕事上は普通に接してくれているけれど、どこかこれまでにはなかった遠慮みたいなものを感じる。ふとしたとき、たとえば以前なら気軽に頭を叩いてくれていたような場面で、先輩がはっと控える姿もよく見る。

どうしてあんなバカなことを言ってしまったんだろう。

なんの不満もなかったのに。毎日先輩と仕事をして、頭を使って足を使って、それが本当に楽しかったのに。あのままの日々で、全然よかったのに。

私がなにもかも変えてしまった。

本当にバカだ。

ところで今さらながらこのＩＭＣ室について説明すると、ＩＭＣ室というのは通称で、正式には統合マーケティング室という。

統合マーケティングとは、マーケティング手法のひとつだ。これからの時代に必須と言われているけれど、日本企業ではまだ取り入れられておらず、欧米や新興アジアに完全に出遅れている。

『たとえばさ、人がこのブランドいいなって思うのって、商品が好みとかだけじゃなくて、ＣＭとか、サービスとか、サポートとか』

配属されたばかりのころ、コウ先輩は説明してくれた。

『ふむふむ』

『環境活動とか、株主への利益配分とか、そういういろんな要素が絡むだろ。本来それらは統合的に管理されてなきゃならない』

『されてないんですか』

先輩はあのさわやかな顔を、ちょっと曇らせて笑った。

『当然そう思うよな。うん、されてない。実際は各部門が別々に動いているだけで、包括して見ている部署はないって企業がほとんどだ』

『どうしてつくらないんですか』

『縦割り社会がそれを許さないからさ。でもうちはつくったんだよ。それがここ、統合マーケティング室だ。ＩＭＣって知ってる？』

『今のお話からすると、インテグレーテッド・マーケティング……Ｃってなんですか』

なけなしの英語力を駆使した私に、先輩はぱっと明るい表情を見せ、私の背中を叩いた。こんなうれしそうに驚く人、はじめて見たなと思ったのをおぼえている。

『勘がいいな！　Cはコミュニケーションだ。対話してはじめて、マーケティングは意味を持つ』

『新しい部署なんですか』

『この四月にできたばかりだ。メンバーはいろんな部署から来てる。広報、宣伝、戦略、商品企画』

『コウさんは？』

『俺は営業』

『そんな感じしますね』と言った私に『そう？』とにこっとする。

思えば私はすでにこのあたりから、心を持っていかれつつあったのかもしれない。

ＩＭＣ室は当時の広報室の機能を吸収する形で設立された。社内外との広いパイプのある部署を基盤とするのが、もっとも効率がよかったからだ。広報室は機能を縮小して〝広報部〟として存続しており、ＩＭＣ室とは非常に密接な関係にある。

要するにこの部署は社内でも異端。改革の使命を負ったチームであり、メンバーは私を入れて、たったの十二名。

配属発表のとき、人事課長が私の配属先を読み上げながら『すごいところに入るね』と目を丸くしたのも当然だ。

ちなみに志望したわけでもない。むしろこんな部署の存在、知らなかった。

翌朝、出社した私を見て、コウ先輩が目を丸くした。

「お前……、どうした、その顔」

「朝起きたあ、こんらんらってまひた……」

パンパンにふくれ上がった右頬のせいで、私の顔は完全に変形していた。

昨日の夜、思い悩みすぎると顎まで痛くなるのかと発見した気でいたら、虫歯だったらしい。先輩の愕然《がくぜん》とした顔を見るに、相当ひどい顔なんだろう。

「歯医者は」

「予約とれあくて、あひたに」

「今日一日、それか」

「痛みろめは飲んらんれ」

今日はプレゼンするような会議もないし、なんとかなる。

デスクのひとつでPCを開き、仕事の準備を始めた私に、先輩はしばらくなにか言いたそうにしていたけれど、やがて少し離れたデスクについた。

午前中が終わり、キンコン、というチャイムを聞きながら作業を続けていると、あらかた人がいなくなったころ、遠慮がちに声をかけられた。

「なあ」

コウ先輩だった。

「一緒に食いに行かないか、その、話したいことがあるんだ」

「……………」

私は沈黙したまま彼を見上げた。この歯のありさまで、私がランチに出かけると思っていたんだろうか。

先輩は所在なさそうに、ポケットに手を出し入れしたり、頭をかいたりと落ち着かない。私が立ち上がると、ほっとしたような顔で「どこ行く?」と聞いてきた。

「いらっしゃいませ、ご注文は」

「あいひ……」

「え?」

「あ、こいつはアイスティで、俺は……」

近所の喫茶店で、先輩はクラブハウスサンドを注文した。小さなテーブルの向かいから、申し訳なさそうに眉尻を下げる。

「悪い、そういえば食えないよな」

「いえ」

「なんか、ひどくなってないか、顔？」

うなだれた私に、先輩が慌てた。

「違う、腫れがって意味」

「ほろおうれぅ」

「……もうなに言ってんのかほとんどわからない」

はい、黙ります。

先輩がなにか言いかけたのがわかった。その矢先にサンドイッチが運ばれてきて、出鼻をくじかれた彼は、むっつりとサンドイッチをかじりはじめた。

ふたつめを食べ終えたところで、「あのな」と口を開く。

「昨日、ごめんな」

予想を超えて直球だった。

先輩が謝ることじゃないのに。私はふるふると首を振ったけれど、先輩はうつむいていて、見ていなかった。

「ていうか、ずっとごめん」

夏みたいな陽気が続くせいで、このところ先輩はさっぱりしたワイシャツ姿が多い。今日もさわやかなブルーのストライプのシャツに、きれいなネイビーのネクタイ。

「俺、あれからお前とちゃんと話してないの、ずるいよな。昨日も変なふうにむきになって、あー会話不足だなと思った。悪かったよ」

先輩の真面目さに打たれて、「うぁ」と変な声が出た。

ずるいなんて。そんなふうに、ずっと考えていたんですか。

「俺さあ、お前のことね」

ほぼ同時にふたりして店内に目を走らせた。どこに同じ会社の人がいるともわからないからだ。さいわい見知った顔はおらず、このテーブルの会話に興味を持っていそうな人もいなかった。

先輩は「お前のことね」ともう一度言って、困ったように眉を寄せて黙ってしまった。カラコロとグラスの氷をストローでかき回しながら、難しい顔をしている。

昼間の太陽が、ガラス越しに先輩を照らす。光があたると先輩の瞳は淡い茶色をしているのがわかる。まことにハイレベルな目鼻立ちのせいで、ハーフなのって聞かれているところもよく見る。

「お前のこと、すごく大事だと思ってる、わかる?」

その瞳と目が合って、私はアイスティを口からこぼしそうになった。まずい、腫れが進行して唇の感覚がなくなっている。

「打てば響くっていうか、テンポ合うなって思うし、いい刺激をもらうし、だれかと働くのがこんな楽しいって、正直お前が来てはじめて知った」

目をしばたたかせた私が、話を理解していないと思ったらしい。先輩は少し首をかしげて、残念そうな顔をする。

先輩、私、聞いています。聞いていますよ、全部。

「……お前の気持ちはうれしいんだけど、俺としては、そういうのなしに、これまでどおり一緒に仕事したいんだ」

「へんうぁい……」

「都合よすぎだろって、我ながら思うけど。でも俺なりに考えて、今の気持ちって、そんな感じなんだ」

どうして、こんなときにまともに喋《しゃべ》れないんだろう。

ごめんなさいと言いたい。ありがとうございますと伝えたい。

こんなまっすぐな人に、好きなんて口をすべらせて、困らせて、悩ませて。冗談めかして濁すこともできたはずなのに、この人はあの勢いしかなかったようなひと言をちゃんと受け止めて、困って、悩んでくれた。

わかりますよ、先輩。私になんて説明しようか、本当に本当に考えたんですよね。

あの場で『ごめん』としか言えなかったことを、ずっと気にしていたんですよね。

「お前のこと、大事。それじゃダメかな」

茶色の瞳に自分が映っているのを見た。

ダメなものですか。それこそ私が欲しかった言葉です。

先輩にはそこにいてほしい。私をあくまで職場の後輩として見る、先輩でいてほしい。そんなあなたに惹かれたのですから。

「おい、頼むよ……」

私はストローをくわえたまま、先輩の顔が途方に暮れるのを見た。

視界がじんわり潤んでくる。だけど涙はこぼれないだろう。そのくらいの良識と根性はある。

「なんで泣くわけ」

先輩の声は困り果てている。

だって私は、失恋したんですよ。生まれてはじめての、そこそこ幸せな失恋を。

今だけ乙女心に浸らせてください。昼休みが終わったら、もとに戻りますから。

ああ、ダメだ。涙がまつげにぶら下がりはじめた。これじゃ先輩からも見える。

先輩はおろおろするかと思いきや、さっと紙ナプキンを取って私のほうへ手を伸ばした。まるで子供のハナが出ているから拭くみたいな、さも当然のような仕草が彼らしいと思った。

「俺がいやで泣いてるんじゃないよな？」

たぶん半分冗談で、半分本気で心配している。

つい笑った弾みで転がった涙を、先輩が拭いてくれた。

その瞬間、私は痛みに絶叫した。


その夜、久しぶりに先輩からメッセージが来た。

【どうよ？】

【薬で落ち着いてます、お騒がせしました】

【抜くの？】

【削った上から差し歯で済むそうで】

【歯磨けよ】

毎日磨いている。不衛生なキャラになってしまった気がして、悲しさに一瞬レスが遅れたところに、また先輩からメッセージが届いた。

【心配させせんな】

痛みのせいで縦になっていられないので、ベッドに寝転がって携帯を眺めた。

「はは」

自然と笑いが漏れる。ね、かっこいいでしょ、この人。

【たまにはいいじゃないですか】

少し考えてからそう送信すると、チッ、チッ、と時計の音を何度か数えたころに返信が来た。

【たまにじゃないからいやだ】

ああ、これがキュンとするって気持ちか。

この胸の、熱いような痛いような、引っ張られる感じ。これが噂《うわさ》に聞くあれか。

「いたた……」

喉からお腹のあたりまで、火が灯ったように熱くて、もう虫歯が原因なのか心の問題なのかわからない。

好きですよ、先輩。もう言いませんけれど、気持ちはきっと変わらないから、できたらおぼえていてください。

それで申し訳なさから、たまに私のこと、大事だって言ってください。

私はそれを楽しみに、日々精進しますから。

なんて、それがなくてもがんばりますが。

どう返信しようか考えているうちに眠ってしまったらしく、翌朝出社するなり先輩に怒られた。

「変なところで会話を終わらせるな」と、そう言った先輩の顔は少し赤かった。

六月は苦い雨

「資料出しますね、そろそろお日さまが恋しいですねえ」

私はＩＭＣ室の前方のモニタの電源を入れ、自分のＰＣと無線でつないだ。

「俺、乾燥機買いたくてさ、シールド忘れんなよ」

「オンにしました、部屋干しも限界ですよね」

「タオルを速乾性に替えたら少し楽になった、ドアの鍵もな」

「かけました。そんなタオルがあるんですか」

部屋の廊下側を覆う一面のガラス窓。このガラスには秘密がある。スイッチひとつで、一瞬のうちに曇りガラスになるのだ。

部署の性質上、どうしても社内に知られたくない話をするし、機密資料も扱う。そういうときはこのシールド機能を使う。〝立ち入り禁止〟の印だ。

私を除くチーム十一名と広報部数名が、モニタの見える位置にデスクを移動させた。

画面に出ているのは、先月広報部が実施した、ＩＭＣ活動に対する社内意識調査だ。平たく言えば理解度と好感度アンケートで、結果は中の上というところ。

「じゃあ各項目の検証をしよう。湯田さん、進めて」

「はい」

千明さんのお手伝いとして調査に関わった私は、岩瀬《いわせ》室長の命で進行を始めた。

この室長はＣＭＯという立場にあり、この会社のマーケティング最高責任者である。すなわち、かなり権力のある人だ。もとは国内マーケティング部門の長だった。すらっとスマートな五十代で、本当かどうか知らないけれど、次の社長と噂されている。

室長とメンバーたちが口々に議論を始める。

「全体的に、開発部門の理解が低いな。特に四十代以上」

「彼らはＩＭＣの導入で、すべての商品計画が市場の要望に基づいて決められ、自分たちはその言いなりになるのだと思っているんですよ」

岩瀬室長が顔をしかめる。

「会社がひとつの人格を持つべきだという考えが、社員個人の意思をないがしろにするものだと解釈されているんだな。好き勝手に研究をしてきた年代らしい頑迷さだ」

「あまりに将来性のない研究が一部で続いていることこそ問題なのに、ですよね」

「あの部署は整理される。再来年度の組織編制には残らない」

えっ、と全員が室長を見た。さらりとすごいことを聞いてしまった。

室長は顔色ひとつ変えず、みんなを見返す。

「当然ながらこの話はだれも知らない、当該部署の当人たちもだ。この部屋を出たら忘れるように」

「解雇ですか？」

「いや、もともとあそこは定年した元社員のわがままでつくった部署だ。古い組織の膿《うみ》そのものだな。再雇用契約の更新を見直し、部署を解体する」

つくづくレイヤーの高い情報の入る部署だ。

みんなもさすがに、ぽかんとしながら聞いていた。


私が住んでいるマンションの近くには、雰囲気のいい小さな居酒屋が多い。

「これ、なんですか、美味！」

「カラスミよ、食べたことないの？」

「生まれてはじめてです」

あらま、と由美《ゆみ》さんが驚いた。私の隣人兼飲み友達だ。

「親が魚介嫌いで」

「なるほどね。食べすぎると痛風よ、気をつけて」

なにをして生計を立てているのか不明だけれど、目を奪われずにはいられない豊満なボディと熟した美貌の持ち主。おそらく三十代半ばだと思う。

「金曜の夜に近所で女と酒飲んで、青春の無駄遣いじゃないの、千栄乃《ちえの》ちゃん」

「青春ならしてますよ」

「例の先輩？」

言ったそばから、カウンターに置いていた携帯が震える。先輩の名前が見えて、私は浮かれた。お酒の力もあって、だれはばかることなく両手を上げて喜んでみせる。

「え、ほんとにその先輩？　こんな時間に、なんの話？」

「ええと、【千明の上司が例会に出る。月曜朝イチで会議室を変更しといてくれ】と」

「寸分の狂いもなく業務連絡ね」

「いいんですよ！」

了解です、と返信してから、この前向きな気持ちを伝えきりたくて、敬礼しているパンダを送る。会社でこういうのを送りあうのは先輩とだけだ。すかさず返事が来た。

【飲んでんな？】

もうバレた。

【ちょっとだけ】

【嘘つけ】

【五合目なので、これからってところで】

【富士登山か】

由美さんがくすくす笑う横で、【先輩はなにをしてますか?】と送った。【部屋にいる】と返ってきた。

【サッカーを見ていますね】

【なんでわかるんだ】

【そしてビールを飲んでいる】

【お前、怖い】

そんなのわかるに決まっている。ワールドカップが始まってからというもの、男性陣は出勤すればまずサッカーの話だ。スポーツ観戦にまったく興味のない私は、『日本も出るんですか』と聞いて非国民扱いされた。

ふと気になって、よく考えないままに質問を投げた。

【おひとりですか?】

はっと我に返ったときには遅かった。

返事が来ない。既読になっていないけど、そんなの読んでいない証拠にはならない。

携帯が短く震えた。
【そうだけど、悪いか】
ああ……。先輩も一瞬でペースを狂わせたことが伝わってくる。
ごめんなさい、意味もなく意味深なことを尋ねて、変な気をつかわせた。
【勝つといいですね】
【どっちを応援してるか知ってるのか】
【期待されてないほうでしょ】
先輩は優しいから、旗色のよくないほうに肩入れする判官びいきなところがある。
図星だったらしく、続く返信は三点リーダーだけだった。
【怖くないですよ】
【お前、飲みすぎ、もう寝ろ】
【はい、おやすみなさい】
【おやすみ】
これ以上気をつかわせないよう、そこで終わらせた。
深いため息が漏れた。
「ダメだ、私……」

由美さんが「どうしたの」と驚いた声をあげる。

ダメだ、こんなことを続けていたら先輩を疲れさせてしまう。自制しなきゃダメだ。

「厄介《やっかい》そうね、その先輩」

「厄介なんかじゃないですよ、優しいだけで」

「それを厄介というのよ。ねえそんなにかっこいいの？」

「盗撮した写真、見ます？」

私は再び携帯を取り上げ、外出したときにこっそり撮った写真を見せた。横断歩道の手前でこちらを振り向いている先輩だ。

よく晴れた日で、上着を肩に引っかけている姿がさわやかで、いかにも働き者らしく写っている。我ながらよく撮れた。

「盗撮って、バレてるじゃない」

「カメラを向けた時点では盗撮だったんです」

「たしかに整った顔だけど、ほかの写真もない？　知らない人の写真って、一枚じゃよくわかんないのよね」

「じゃあこれは？」

続いて飲み会の写真を見せる。先輩を撮ろうとしたわけでなく、来られなかった人に見せるための全体写真を撮ったら写り込んでしまっただけなのだけれど。

端のほうに、お皿からなにかを食べている先輩がいる。

「あー、わかったわ、うん、これはかっこいい」

「実物はもっとかっこいいですよ」

「なにかしらね、かっこいい、って言いたくなる子ね」

「わかってもらえますか！」

そうなのだ、イケメンとか二枚目とか、優れた容姿の男性を形容する言葉は多々あれど、先輩にはシンプルに〝かっこいい〟が一番似合う。

なんでだろう、顔だけじゃない感が漂っているからだろうか。

「舞い上がってるわねえ」

「そりゃもう」

笑う由美さんは、見透かしているのかいないのか。私は振る舞いほど浮かれてはいなかった。心の中は梅雨《つゆ》どきの空と同様、どんよりと雲が張っている。

私が先輩を好きなことは、今現在、先輩にとってなにひとつプラスになっていない。負担になっているだけだ。

勝手に伝えたのは私。

その責任が、ひたひたと押し寄せはじめていた。

日曜日、珍しく晴れ間が覗いたので、私は部屋を飛び出して買い物に出かけた。ワイヤレスマウス、切手、ストッキング、と、てんでんバラバラの買い物リストを鼻歌に乗せて、電車に数駅乗り、駅に隣接したショッピングビルに入る。

入り口すぐのドラッグストアで夏向けのストッキングをまとめ買いし、家電売り場へエスカレーターで上り、周辺機器コーナーを探してPC売り場を通り抜けようとしたときだった。聞き慣れた声が耳に飛び込んできた。

「さあ、俺はキーの配置が変わるのがいやで、同じメーカーにしちまうけど」

コウ先輩だ。私は足を止め、陳列棚の隙間から声の主を探した。

「でも薄くてかわいいんだもん、これ」

「じゃあそれにしろよ」

「航が、これはスペックがカスだって言うから！」

「スペックは気にしないってお前、言ってただろ！」

先輩は女性と一緒にいた。「カスまで言われて買いたくない」とすねる女性は、社内で見かけたことがある。たぶんコウ先輩の同期だ。ここに来る前にもどこかで買い物をしてきたんだろう、小さなショッパーを持っている。

先輩は私服もかっこいいなあ、と現実逃避をしなければならなかった。

「えー、どうしよう、どれにすべき？」

「欲しいの買ったらいいよ、ネットくらいしかしないんだろ？　だったらどれでも変わんないって」

「そういう言いかたされると、買う気なくなる」

男の脳と女の脳はこう違う、をそっくり再現したような会話をしながら、彼らはぐずぐずとPC売り場を去らない。

私は遠回りして、奥の壁際の棚から目当てのマウスをさっと取り、会計を済ませて、もう一度さっきの場所へ戻った。

ふたりはまだそこにいた。手ぶらのコウ先輩は、白いポロシャツにちょっと足首の見えるチノパンというさわやかカジュアルな姿で、ポケットに両手を入れている。

「決まらないじゃない、意地悪」

「なんで俺だよ、お前の買い物だろ」

「判断材料をちょうだいって言ってるの！」

「やったろ、スペックはカスだって！　今足りないのはお前の判断基準だよ、なにが満たされれば買うんだよ？」

元営業の思考が漏れている。私は寄っていって先輩の背中をぽんと叩いた。

「あ、えっ」

「偶然です、先輩」

私と先輩の家は、路線が違うけれど双方からもっとも近い大きな駅はここだ。『そのうち会うかもな』なんて話をしたことがあるくらいには可能性はあったものの、実際遭遇したことはなかった。

なので先輩は一瞬まごつき、その後、これはどう受け止めたらいいのか迷うところなんだけれど、「湯田」と明らかにほっとした声を出した。

「お前も買い物？」

「久々に晴れたんで」

お前もということは、そちらも？　私が女性に視線を向けるのと、その女性が焦《じ》れたようにコウ先輩の袖を引くのは同時だった。

「あ、こいつ同期、カスタマー企画部の中川《なかがわ》。こっちは湯田っていう、俺んとこの」

「え、嘘っ、ＩＭＣさま？」

ＩＭＣさまときたか。

　こうした揶揄《やゆ》には慣れっこではあるものの、コウ先輩もさすがに渋い顔を隠さない。

中川さんもまずったと思ったのか、にこっと私に微笑んだ。

「山本くんがいつもお世話になってます」

　きた。

「こちらこそです」

「すごいですね、ＩＭＣ室に配属なんて」

「もう山本先輩にご迷惑かけっぱなしで」

　コウ先輩が明るく笑う。

「なんで、自力で食いついてきてるだろ、お前」

「いやいや、必死です」

　先輩、ここで私と会話したらダメです。中川さんの顔を見てください。社内便でカミソリ送られてきたら先輩のせいですよ。

　とはいえ私にはどうすることもできない。というか、どうにかする意思はない。

「お前、なに買ったの、それ？」

「マウスです、外出用に超小型のが欲しくて」

「新製品じゃん、使い心地よかったら教えて」

「なんとこのサイズでサムボタンつきなんですよ」

「マジかよ！」

欲しい、と目を輝かせてから、先輩は中川さんを振り返る。

「お前もさ、欲しいものの情報を事前に入手しろよ、こんなふうに」

「だってどうやったって航のほうが詳しいもん。エキスパートに任せる主義なの、私」

「あ、そ」

「どれを買うか、お昼食べながら考える。行こ」

はいはい、とつきあいよくうなずいて、「じゃな」と先輩は私に手を振った。

死角に入る直前、中川さんが先輩の腕にさりげなく手を絡めたのが見えた。

月曜の朝、会社への道で見つけた先輩は、小雨が頭や肩を濡らすのに任せていた。

「先輩、傘は」

「お、悪い」

傘を差しかけると、私の手から取り上げて持ってくれる。

「忘れたんですか？」

「いや、バッグに折り畳みを入れてるんだけどさ、傘って好きじゃなくて、なるべくなら差したくない」

「なんでまた」

「邪魔だから」

わからないでもない。そう言うだけあって濡れるのは気にならないらしく、先輩の差す傘はほぼ私だけを守っている。

「昨日、ごめんな、中川の奴が」

「あの方とは仲よしなんですか」

「普通。たんに同じ路線なんだ」

本気で言っているみたいだ。先輩は意外とのんきらしい。

「PCは買えました?」

「いや、結局決められなくて、カタログだけ持って帰った。なにやってんだかなあ、今どき店頭に丸腰で行くって」

「またつきあってあげないとですね」

「来週も空けとけって、もう言われてる」

まったく、とぶちぶちぼやいてから、先輩は私を見た。

「その点、お前はしっかりしてるよなあ」

先輩。私は昨日、いくつかのことを試しました。

その結果、わかったことがあります。

ひとつ、先輩は鈍い。あれだけ露骨な中川さんからの秋波《しゅうは》にまったく気づいていないなんて、そっち方面のアンテナが壊れているとしか思えない。

そしてつきあいがいい。きっとお願いすれば、買い物だろうと映画だろうとカラオケだろうと、言われるがままに同行してくれるだろう。

たとえそれが、彼女でもない女子からの誘いでも。

それから、これは教訓。男の人にとって、自分と同じポリシーを持つ女、すなわちかばったり守ったり助けてやったりしなくていい女は女の部類に入らない。

そして私は、中川さんのようにはなれない。

「俺、コンビニ寄ってくわ」

「あ……」

私も、と言いかけて、やっぱりやめた。

一瞬、不思議そうに首をかしげた先輩が、にこっと笑って傘を渡してくる。

「あとでな。これサンキュー」

ガラスドアを抜けた先輩が、知りあいを見つけたらしく、片手を挙げるのが見えた。

会社に向かいながら、考えた。

もう恋なんてしないとか、痛いとか苦いとか、みんなが口々に言うわけがわかった気がする。まったく痛くて理不尽で、苦々しい。

なのに、やめようと思ってやめられるわけでもなく。

これは被害者ヅラしたくもなる。

さて、どうする、私？

七月に願いを

「あー先輩、好きです」

心の中がそのまま口から出てきた。コウ先輩というのは不思議な生き物で、カレーを食べているだけでもかっこいい。

お米をひと粒たりとも残さないところとか、食べたあとのお皿がすごくきれいなところとか、なぜかスプーンでなくフォークで食べるところとか。

私のつぶやきを聞いた先輩は「残りもんでも食ったの、お前」と顔をしかめた。

「この時期はやめとけよ」

平然とそう言い、食堂のトレイを持って席を立つ。その背中が、言葉ほどには冷静でないことが見てとれて、私はとりあえず満足した。

山奥の研修センターの食堂は、築年数のわりに小ぎれいだ。私も先輩を追いかけ、返却口に食器を戻して食堂を出る。

「合宿中に、どうやって残り物を手に入れるんです」

「お前の部屋、あっちだろ」

「コンビニに行こうかと」

先輩は「こんな時間に？」と目を丸くした。私は「まだ九時前ですよ」と教える。人里離れたところに隔離され、早朝から研修などをしていると感覚がおかしくなるらしい。「そっか」と首をひねりながら、先輩はなぜか一緒にエントランスを出た。

東京《とうきょう》から車で三時間ほどの山嶺地に、会社の保有するこの研修センターはある。我々ＩＭＣ室は、ここを使ってはじめての合宿中だ。

部署ごとの合宿というのは、社内では頻繁に行われていることで、みんな慣れたものだった。私だけ勝手がわからず、まごまごするうちに、三泊の研修も残り少なくなってしまった。

十五分ほど歩いたところにあるコンビニで、個室で食べるおやつを調達した。会計を済ませて先輩のもとへ行くと、彼は「ん」と読んでいた雑誌を棚に戻す。

「あれ、なにも買わないんですか」

一緒にコンビニを出て、煙草に火をつけるのを見ているうち、ようやく気がついた。夜道だから、ついてきてくれたのだ。

「厄介ですねえ、先輩は」

「なんだよ、それ」

並んで歩く私に、優しい煙が降ってくる。膝下丈のパンツにTシャツ。ほぼ部屋着といった格好でも、つくづくかっこいい。

「天の川が見えますね」

「うわっ、ほんとだ」

空を見上げ、先輩はぎょっとしたような声を出した。たしかに満天の星は、不慣れな者にとってはロマンチックを感じるより不気味さが勝る。

「願い事をしましょう、先輩に彼女ができませんように」

「呪いだろ、それ」

「乙女心ですよ」

「最近、どうしたの、お前」

先輩が口元にあてている手の先で、赤い火がちりりと音を立てた。

標高の高いこのあたりは、日が落ちると冷える。サンダルの足元に冷たい空気を感じながら、私は返事をしなかった。先輩も追及してこなかった。

「その傷は、けがですか」

街灯もまばらな、人気《ひとけ》のない道で、聞こえるのは私たちの足音と虫の声だけだ。先輩は自分のふくらはぎを確認して「ああ」とうなずいた。

「バイクで事故ったの」

「いつですか」

「大学のとき。峠を走ってて、こう、向こうがコーナーでふくらんで正面衝突したんだってさ、おぼえてないけど」

想像したよりかなりすごい事情だった。

「おぼえてないんですか」

「気がついたら病院で、家族と友達に囲まれてた。あれ、危ないとほんとにみんな呼ばれるのな」

「際どかったってことじゃないですか……」

「らしいぜ。両脚なんかぐっちゃぐちゃで、着てた革のスーツがボロボロに裂けて」

痛い痛い痛い。小さくなる私をおもしろがるように、先輩はけがの具合をつぶさに語ってくれる。「このへんの皮膚を移植したわけよ」と腿《もも》のつけねを指すので、「見せてください」と言ったら頭をぽかんと叩かれた。

「全然痛くないのが、また怖くってさ。脚の状態なんて、とても自分から聞けなくて。だれかから説明があるまで待とう、みたいな」

「相手の方は無事だったんですか」

「同じくらいひどかった。相手っつっても一緒に走りに行ってた友達で、仲よく同じ病院に入ったよ」

「バイクって、どんな感じの？」

「そのときの俺のは、一三〇〇ccのフルカウルの」

残念ながらそのあとに続いた説明は、私には理解不能だった。

「でっかいですか」

「でかい、かな」

「先輩がバイクって、かっこいいですねえ」

「親に泣かれて、もう乗ってないけど」

ふうん。なんだかちょっと意外だ。先輩はそれこそサッカーとかバスケットボールとか、メジャーで明るいスポーツと歓声の道を通ってきたんだろうと思っていた。

研修センターに戻ると、玄関の横手にＩＭＣ室のみんなが集まっていた。屋内から漏れる明かりを頼りに、なにかしている。

「おー、お前ら、どこ行ってた」

「ちょっとコンビニに。花火ですか」

「そう。最近じゃ、自宅の庭でも許されないもんな」

メンバーのひとりが取り出したのは打ち上げ花火だ。たしかにこの山奥なら、火事でも起こさない限りだれにも咎《とが》められないだろう。

ＩＭＣ室の記念すべき第一回研修はハードだった。他社事例を各自でレポートしたり、課題図書を事前に読まされ、内容について討議したり。

この数週間は通常業務に加えて合宿の準備にも追われ、合宿の前夜は寝る間もないほどだった。最終日である明日は軽いラップアップミーティングがあるのみで、ようやくの気楽な夜なのだ。

次々に火がつけられ、あたりには火薬の匂いが立ち込めた。小さなころ身近にあった、とかいうわけでもないのに、この匂いを懐かしいと感じるのは不思議だ。

私はほどよく派手に火花が出そうな一本を選び、コンクリートのたたきに固定されたろうそくで火をつけた。

「消えるまでに三回願い事を書けたら叶うとか、言ったよな」

「どこの女子ですかあ」

いい年をした大人の、そんな会話が聞こえてきて笑ってしまう。

試しに人のいない中空に向けてくるくると花火を回してみると、なるほどちょっとした文章くらいなら書けそうだった。

「俺のこと書くなよ」

突然、真うしろからひそめた声が飛んできた。びっくりして振り向く。目が合った瞬間、先輩は「あ」と驚いた顔をし、それがこんな暗さでもわかるくらいみるみる赤くなっていった。

ついには「ごめん」とつぶやいて、顔を覆ってしまう始末だ。

「……書きませんよ、こんなところで」

「だよな、ほんとごめん、悪い。ごめん」

頭を抱えてしゃがんでしまう。その隣に私もしゃがみ込み、耳元に吹き込んだ。

「そういうことするから、好きなんですよー」

ほかの人には聞こえないよう、そっと。でも先輩には聞こえるよう、はっきりと。

腕の間から、じろりと先輩がにらんでくる。

「お前、なんなんだよ、最近急に」

「我慢しないことにしたんです」

「なんで？」

我慢してもだれにもいいことないってわかったからです。

もう二度と言わないと、最初に言ったあとで思ったけれど、それでも私は先輩を好きなままだろうし、先輩もそれを感じざるを得ないだろうし。だったら出してしまったほうが、双方ストレスがないかなと思ったんです。

私なりに、先輩も楽になれる道を選んだつもりなんですけれど。わがままですか？

「……理由は特に」

「お前がそんなふうだから、俺が変なこと言っちまうんだ」

「鈍いわうかつだわで、あげく人のせいですか」

「だれが鈍くてうかつだよ」

「先輩ですよ」

しゅっと先輩が、持っていた花火を私に向けるふりをした。しゃがんだまま飛び退く私に、もう一度仕掛けてくる。

「やめてくださいよ」

「お前こそ、やめろ」

内心ぎくっとして、「なにをですか」と聞いた。想うことそのものを否定されたらどうしよう。もう勘弁してくれと言われたら、どうしよう。

けれど先輩は、怒ったような声で恥ずかしそうに「俺をからかうのをだ」と言った。

「からかってませんよ」

「嘘つけ」

「ほんとですって、わっ」

「あ！」

しゃがんだまま移動するうち、水道のそばへ来ていた。しりもちをついて、流しの縁に危なっかしく置いてあったバケツに頭をぶつけた結果、あえなくそれは倒れ、派手な水音とともに私は頭から水浸しになった。

あーあー、と笑い声があがる。

「なにをしてるんだ、お前たち」

最初はいなかったはずの室長がいつの間にか参加していて、私と先輩を指差した。

「決まりだ、山本と湯田、後片づけ」

「はい」

条件反射で返事をしてから、先輩と顔を見合わせる。

そのとき、パシュッと破裂音がして花火が上がった。こんなに立派なものがお店で買えるのかと驚くほど、それらしい真ん丸の花が頭上高くで開く。

先輩もそれに見入っていた。私を助けようと、地面に両膝をつき、片手を中途半端にこちらに差し出した体勢のままだ。

横顔の、うっすら開いた口元や喉のあたりを、好きだなあと思いながら眺めた。

「……私、からかってないですよ」

空に顔を向けたまま、先輩が唇を閉じた。「うん」と返事をしてくれたときに彼がした瞬きが、印象に残る。

「そうだよな」

「いつでも本気です」

「わかった、ごめん」

二発めが打ち上がる音がした。

先輩が立ち上がり、私に手を差し出す。

その手を取ろうとしたとき、先輩の目が見開かれ、続いて口までぽかんと開いた。

私は彼の視線を追って自分の身体を見下ろし、理由を知った。

水色のコットンのシャツワンピが水で透けて、下着が上下とも丸見えなのだ。身体のラインどころか、肌の色までわかる。

うわあ！

さすがの私もあせった。さっと身体を丸めると、先輩が勢いよく横を向く。

「わ、わり、見た」

「いえ、すみません、ちょっと着替えてきます」

「あっ、俺のシャツ着てけよ」

「いやいやいや」

Tシャツを脱ごうとする先輩を慌てて止める。こんなところでいきなり先輩が裸になったら、それこそ注目の的だ。

「平気です、さっと消えますんで、なにか聞かれたらフォローお願いします」

「そ、そっか、了解」

ワンピースにパタパタと空気を入れながら走った。

さいわいみんな花火に夢中で、こちらの小さな騒動に気づいた様子はない。

背後からバケツに水を張る音が聞こえた。振り向いた私に、先輩はほかのメンバーのほうを気にしながら、さっさと行けと追い払うように手を振った。

微妙に目は合わせない。

先輩プロファイリングに一件追加だ。

意外と純情。

「俺？　大学は自動車部だよ、全然もてなかったよ、なんでみんなそう言うわけ？」

合宿が明けた翌週、土日を使ったぶんの代休も消化し、久々の出社で気分も新しい。

そんな中で千明さんと先輩とランチに出た。先輩は私を見るとなにかぶり返すのか、恥ずかしそうに顔をこすりながら情けない声を出している。

中華レストランの一角で、千明さんが「なんで、って」と困惑の表情をした。

「彼女とか、いたでしょ？」

「そりゃ、いたほうが楽しいかなと思って、つくったこともあったけど」

千明さんはおもしろくなさそうに舌打ちする。だれもがつくろうと思ってつくれるものじゃないのだと、コウ先輩は考えたこともないんだろう。

「合コンとかは？」

「数回しか行ったことないし、女の子が攻め気すぎて怖かっただけだ。なあ俺って、そんなイメージなの？　遊んでそう？」

どうやら本気で気にしているらしい。予想外の反応に私と千明さんはあぜんとしながら、「いや……」とはっきりしない返事をした。

「でも事実お前、しょっちゅう女の子と遊んでるだろ」

「だって買い物つきあってとか、飲み行こうとか、誘われたらどうやって断ったらいいかわからないんだけど」

「予定があるって言えば」

「あれば言うよ」

私は右手を挙げ、質問した。

「ちなみにその女性たちの中で、えーと、特別な関係に至った率は」

「特別って？　やっちゃったってこと？」

ひえ。コウ先輩の口からそんな言葉が出るのを聞くとぎくっとする。振っておいて怯《ひる》んだ私には気づかないらしく、先輩は中華の油で濡れた口元をナプキンで拭きながら、難しい顔で中空を見た。

「率は……考えたことないけど、誘われたらまあ」

「注文次第でほいほい入れてやんのか、お前」

驚きのあまりか、かなり品性に欠ける物言いになった千明さんを、しかめ面で先輩がにらむ。

「だってどうやって断ればいいんだ？」

「どうやってって」

「いい断りかたがあれば教えてくれない？　俺も正直、今じゃねえなってときがあるんだよ」

「断れないからやってんの、お前」

「そういう言いかたされると」

先輩は私たちの引き具合をなんとなく感じているのか、居心地悪そうに身じろぎした。千明さんがあきれ声を出す。

「お前、あれか。女友達に流されるままそういう関係になった結果、友達にも戻れなくなって殴られるタイプか」

「ほんとそれ」

理解者を見つけたとでも言いたげに、先輩はほっとした顔でうなずいた。けれどすぐに冷ややかな二組の視線に気づいたらしく、「あれ」と遠慮がちに我々を見た。

「やっぱ俺がダメなの」

「いや、話だけ聞いてると、お前のほうが被害者みたいに思えてくるから不思議だよ」

「そんなふうには思ってないけど」

もしかして私は、あれだけきっぱりごめんと言われたことを、むしろ喜んでいいのだろうか。ある意味、先輩なりの特別扱いなのかもしれない。

「でも俺、女の子のいる店とかも行かないぜ」

「知ってる。営業部時代にお前がソープから脱走したって話、有名」

「だって無理やり連れていかれてさ。俺ほんとああいうのダメなんだよ、もう雰囲気だけで無理」

「まあそこは評価してやってもいいのかもしれないが、それとこれとは別の話な」

「マジかよ」

すねたように先輩が頬杖に顔を埋める。どの部分に関して我々が引いているのか、本当に理解できていないらしい。まずい、この人、思っていた以上に厄介かも。

「ちなみに先日の、中川さんは」

「あれは買い物につきあっただけだよ、知ってるだろ」

「中川なんて、最初からお前狙いだろ、時間の問題だわ」

吐き捨てた千明さんに、「そうなの?」と先輩は疑わしげに眉をひそめる。そんな顔をする資格があると思っているんだろうか。

「誘われたらどうするつもりですか」

「わかんねーよ、そんなの前もって考えたりしない」

「断る理由がなければ、すると」

「なあこれ、しらふでする話?」

「じゃあ飲むか、その代わりずっとこの話だぞ」

「俺、もしかして責められてる？　なんで今？」

先輩はようやく自分の立場に気づいたらしく、肩身が狭そうな様子でアイスウーロン茶をすすった。

なぜ責められているのか、はたんに自業自得だと思う。千明さんも同じ思いらしく、腕を組んでコウ先輩にあからさまな白い目を送っている。

なぜ今なのか、には合宿での出来事が関係している。

最終日の昼食は、みんなでつくることになっていた。調理場には私と先輩をはじめ、比較的若いメンバーが五名ほど集まって手際よく作業していた。

『先輩、ダメですよ、赤子泣いてもって言うでしょ』

お米を炊いていた土鍋の蓋《ふた》を、開けて中を確かめようとした先輩に、私は声をかけた。彼がきょとんとして首をかしげる。

『それ、メシ炊くときの話なの？』

『なんの話だと思ってたんです』

おなじみの、始めちょろちょろ、中ぱっぱというあれだ。最初は弱火で、中ほどは強火で一気に。赤ちゃんが泣こうが、蓋だけは取るなと。

先輩は、へえーと感心したような声をあげた。

『絵描き歌かなにかだと思ってた』

しん、と調理場が静まり返った。

『山本、お前、もてるだろ……』

『俺もそう思った、女はこういうの好き、絶対』

厨房内は、『これはもてるわー』の声一色になり、先輩は『え、えっ?』と置いていかれていた。

今朝、出社時にばったり会った千明さんにその一件をおもしろおかしく報告したところ、千明さんは頭を抱え、『そこんとこ、本人に確認したいよね』と言い出した。

その結果、このランチが設定されたというわけ。

千明さんが改めてあきれ声を出す。

「お前、あれでなんの絵描けるんだよ」

「え、千明は知ってた?」

「知ってたよ。なんだその、ほどよいバカさ」

「バカって言われるほどの話じゃないだろ。なあ?」

同意を求められたものの、とっさに返せない。たしかに日ごろのパリパリした働きぶりを見ている限り、なんでそこだけすっぽ抜けているのかと聞きたくもなる。

「大変だね、湯田ちゃんも」

「なんで湯田が大変なんだ」

「大変だね、ほんと」

同情的なまなざしを向けられた。千明さんに知られるほど露骨に先輩を好きだったかと一瞬悩んだけれど、気にしないことにした。

食べ終えて表に出たら、真上に来た太陽がアスファルトをなぶっていた。

「うわっ、夏ですねー」

長かった梅雨も、このまま終わる気配がする。コウ先輩は「なにを今さら」と言いつつ気持ちよさそうに伸びをした。

「海に行きたくはないですが、天然の水に浸かりたいですね」

「めんどくさいけど、わからなくもない注文だな」

「渓流にでも行けば？」

千明さんの提案に、私たちは「おお」と声をあげた。

「行きますか、先輩」

「お前と？」

「ダメですか」

「いいけど」と答えた先輩の頭を、千明さんがスパンと叩いた。

「それだ、それ」

「どれだよ」

「その安請けあいが混乱のもとなんだって言ってんの」

叩かれた頭を押さえ、先輩がじっと私を見る。日射しの下、白のワイシャツの袖をまくった先輩は文句なしにかっこいい。

「湯田、今の冗談？」

「私はいつでも本気ですよ」

先輩と出かけられるのなら、塩素のにおいが立ち込めるプールだろうと、うるさいばかりのビーチだろうとパラダイスです。

まあ、言ってみただけというのも本音ではあるけれど。

先輩はなにか考えているのか、会社に着くまで黙ったままだった。ビルに入り、エレベーターに乗ろうとするころになってようやく口を開いた。

「湯田、俺、適当に言ってるんじゃないから」

「は……」

「お前の行きたいとこ、行こう」

先輩の顔は真剣だった。こんな話にどうしてそこまでというくらい、真剣だった。

千明さんがぽかんとして、私とコウ先輩を見比べる。私も呆然としていた。

「……はい」

「よし」

先輩は重々しくうなずいて、到着したエレベーターのドアをくぐった。追いかける千明さんがしきりに首をひねっている。

私も内心で首をかしげていた。踊り出したい気分と冷静な自分が戦っている。

ねえ先輩、なにを考えていますか？

すれ違う八月

世の中はうまくいかない。

いやそうじゃない、わかっている。またしても私がバカだっただけだ。

思わず恨めしげなため息が出たところを、千明さんに見つかった。

「なあ山本、湯田ちゃんがやさぐれてるけど、どうしたの」

「え？　おい出るぞ、湯田」

「はい」

気づかわしげな顔の千明さんに会釈し、コウ先輩を追ってＩＭＣ室を飛び出す。

今日はこれから、ＣＦＴマネジメントというもののセミナーだ。ＣＦＴとはクロスファンクショナルチームの略で、部門を超えて結成した社内横断チームのことだ。

「本当ならＩＭＣ室全員が参加したいくらいの内容なんだけどな」

並んでビルを出て、駅を目指す。

「時間的になかなか厳しいですもんね。そのぶん完璧な報告書をつくらなくては」

「あ、それだけど」

地下鉄の入り口の階段を駆け下りながら、先輩が私を指差した。

「今回はお前がひとりでつくってみろって、岩瀬さんからお達し」

「え！」

「俺もサポートするけど、まあお前ならできるよ、岩瀬さんもそう思っての指示だろ」

突如、プレッシャーに頭が真っ白になった。

私たちは今、ＩＭＣ室の下部組織として、社内の要所から人を集めた横断チームをつくろうとしている。俗に言う社内プロジェクトだ。ＩＭＣ室の考え方や指針を、具体的な実行計画に落とし込むのが命題。

そのためにはそういった組織のマネジメント方法や成功例、失敗例を学ぶ必要があり、積極的に情報を仕入れているところで、今回のセミナーもそれが目的だ。

つまり先輩と私は部署を代表して行くわけで、ここで得た知識を間違いなく持って帰り、シェアしなければならない。

「ろ、ろ、録音とかしたほうがいいでしょうか」

「いらない。書き起こしには録音時間の二〜三倍の時間がかかるんだぜ、どこにそんな暇があるよ」

「でも、私のメモなんかじゃ」

「どうしたんだよ？」

ホームに到着すると、ちょうど電車が来たところだった。足を止めず、階段を下りた勢いのままひょいと飛び乗った先輩が、振り向いて笑う。

「大丈夫だって。お前はできる」

「緊張のあまり手が冷たくなってきました」

「おいおい」

そこそこ座席の埋まった車内で、ドア横の角に私を立たせた先輩が、私の頭越しにぽいと網棚に鞄を置いた。

今日の先輩は、ストライプのシャツにグレーのネクタイ。上着は片手に持っている。少しの距離とはいえ屋外を歩いたせいだろう、彼の腕が私の顔のそばを通ったとき、ふっと湿った体温がかすめた。

いつも思う、先輩はいい匂いがする。

先輩は吊革に手首を引っかけるようにして、携帯でニュースをチェックしはじめる。伏し目がちになると、陽気に笑っているときとはまったく異なる印象になる。

クールビズと称して夏場はノータイが許されているのに、先輩は毎日必ずネクタイをする。『営業時代のくせだな』と本人は言っていたけれど、本当はネクタイ姿がパリッとさわやかで見惚《みと》れるほどすばらしいことを自覚してるんじゃないだろうか。

最近そんな、どうでもいいことで突っかかりたくなる。

私の視線に気づいたのか、先輩がこちらを見た。目が合うと、『なんだよ？』という感じに眉を上げて、ちらっと微笑む。

そんな一瞬の表情が、げんなりするほど様になる。

ほんと、どうにかならないかな、この人。

さて、渓流に遊びに行く話はどうなったかというと、もちろんぽしゃった。何度でも言うが、私がバカだったせいだ。

計画は順調に進んでいた。順調すぎるくらい順調だった。

『ただ川遊びするのもなんだし、どこか行くか』

ある日のランチタイム、たまに食べたくなると意見が合致し、ファーストフード店に入って具体的なプランを練った。

『さくらんぼ狩りがいいです！』

提案した私に、先輩が目を丸くする。

『なんでまた？』

『桃と梨は経験があるんですが、冷えてるほうがおいしい果物は狩ってもその場で楽しめないと学びました。むくの面倒だし』

『種類の問題じゃねーよ、なんで果物狩りなんだって話』

『ほどよく時間をつぶすことができ、会話がなくても間が持てないってこともなく』

『初対面か、俺らは』

怪訝《けげん》そうにしながらも先輩は、東京の奥地で一日遊び倒すプランを練ってくれた。なんと、雨の場合に備えてのサブプランつきだ。

『レンタカーか千明の車を借りようか迷う』

『私はどちらでも』

『涼しければ、バイクが気持ちいい場所だよなあ』

『先輩のうしろで風になりたかったですねー』

『あれ、ぼけっとしてられたら困るんだぜ。鈍い子を乗せるともうほんと、おーい勘弁してくれよって感じでさあ』

ストローをくわえて、先輩がぼやく。つまり、ちょっとトロい女の子を乗せたことがあると。引きこもってはいなかったものの、きらきらした学生生活とは縁遠かった私にはまぶしすぎるエピソードだ。

そんなまぶしい先輩が、なぜか私のために休日を費やしてくれるという。

『記念すべき初デートですねえ』

『そーだよ、気合い入れて来いよな』

『勝負下着で行きます』

私の冗談に、先輩は『そこまではいい』といきなり恥ずかしそうにうつむいてしまう。ふざけた私の立場がなくなる。しっかりしてほしい、もう。

『あとは、いつにするかですね』

『ま、このあたりかな』

先輩は手帳の週末のあたりを、指でくるくると差した。お互いの予定も加味し、みっつの候補日を決めた。そこまではうまくいっていた。

翌日、先輩とちょっとした外出をした帰り、会社のエレベーターで中川嬢と行き合った。げっ、という嘆きは胸の内に収め、精一杯の愛想と礼儀を込めて会釈したら、うまいこと気づかないふりをされた。

『航、ちょうどよかった。またつきあって』

『今度はなにを買う気だよ』

エレベーターには私たちのほかに数人が乗っている。『原付』という中川さんの返事に、『原付⁉』と先輩は大きな声を出し、はっとして声をひそめた。

『なんで原付？　学生じゃねーんだし、どうせ買うなら車でいいだろ』

『だってうちのガレージ、一台しか入らないもの』

『近所に借りれば？』

『そういうの、よくわからない。見に来てくれる？』

中川さんは実家暮らしなのか。そしてそこに先輩を呼ぶ気なのか。

なんとなく、エレベーター内の人々が聞き耳を立てはじめた気がする。

先輩は無頓着に『いいけど』とまた言った。あとで千明さんに告げ口しよう。

『じゃあ来週の土曜は？　ちょうど親、いないの』

『親はいたほうがいいんじゃないか？　契約するんだろ？』

不思議そうに言いながら携帯を取り出す先輩に、私の隣にいた人がこっそり噴き出した。端で聞いていたらさぞ愉快なやりとりだろう。私はそれどころじゃない。

ミス中川は、駐車場を見に行くだけのつもりの先輩を家に引っ張りあげる気満々だ。その先なんて、想像がつきすぎて困る。

『あ、わり、その日は俺、ダメだ』

携帯を確認した先輩が、あっさりした声音で言った。私もそのとき気がついた。来週の土曜日は、私と先輩が出かける候補の日だ。

中川さんが『えーっ』と不服そうな声をあげる。

『半日だけでも空かないの』

『無理。な、湯田』

ぎょっとした。先輩は悪びれるそぶりもなく、私の同意を待っている。

この人バカだ。ここでわざわざ、いらない口火を切らなくてもいいのに。

予想どおり中川さんは私に、小動物くらいなら気絶させられそうな視線をくれた。

だけど白状する。このとき私は、心の奥で芽吹く優越感を意識していた。だって先輩が私を優先してくれた。それをきっぱりと表明してくれた。

そんな純粋で歪《ゆが》んだ喜び。

そして私は判断を誤った。正確に言うと、調子に乗った。

『いいですよ、私はまた別の日で』

『でもさ』

『ほかにも候補日、ありますし』

先輩は、『でも』と迷いを見せる。中川さんがその腕を親しげに叩いた。

『いいって言ってくれてるんだから、いいじゃない』

『まあ……』

やがて先輩が、ためらいがちにうなずいた。

『湯田がいいなら』

そして私にはしっかりと、いい気になったバチがあたった。

残った候補日のうち一日は先輩に仕事が入り、最後の一日は記録的な台風で、当日を待たずにもう、これは無理だとなった。

先輩が中川さんの家に行った日は、稀《まれ》に見る晴天。

吠えたいようなこの思いを、どこにぶつけたらいいのやら。

こういう予定をリスケしようとして、くり返すほどに『なんかもう、よくね？』と熱意が枯れていく経験を、どなたもお持ちだと思う。私はそれが怖くて、別の候補日を決めましょう、と言い出せなかった。

ベストコンディションの日に別の予定を消化してしまった負い目でもあるのか、先輩からもそんな話は出なかった。

結果、初デートは自然消滅。——からの、やさぐれ。というわけ。

「おい、降りるぞ」

「はっ」

ぼんやりしていたところを、鞄で小突かれた。電車はすでに目的駅に停車している。

慌てて降りたら、先輩のかかとにつまずいて転んだ。運悪く点字ブロックの突起が膝にめり込み、悶絶するほど痛い。

「なにやってんだ」

「すみません」

さすがにしょげる私の顔を、手を貸してくれた先輩が覗き込む。

「あのさ……」

けれど言葉を途中でのみ込んで、黙ってしまった。

「はい？」

「いや、いいや、行けるか？」

「平気です」

ストッキングが破けていないのを確認し、私は出口に向かった。


その夜、私は自宅で報告書と格闘していた。

記憶の鮮度が高いうちに全員に展開したい。非常に有益な内容だったので、少しでも早く共有したい気持ちも強い。

さいわいなことに、主催者側からプレゼン資料のデータをもらうことができた。資料自体がかなりわかりやすかったので、報告書はこれらを順序立てて並べ替え、間をつなぐ文章を入れる形でまとめることにした。

マップをつくり、もらった資料を各ポイントに配置するイメージだ。そういうまとめかたをするのに最適なソフトはどれかなあ、とか考えているうちに時間はどんどん過ぎる。ようやく完成の目処《めど》が立ったころには、真夜中を越えていた。

ひと息つこうと机を離れかけたとき、背後のベッドの枕元で携帯が点滅しているのを見つけた。集中しすぎて通知に気づかなかったのだ。

【あのさ】

先輩から、それだけ入っていた。もう数時間前だ。作業もはかどって心が軽くなっていた私は深く考えず、【なんでしょう】と返した。すぐに返事が来た。

【ここんとこ、お前がなんか変なのって、俺のせい？】

しまった。読んでしまった。すぐに返信しないことで、肯定したも同然だ。

なにか言わなければとあせるほど、なにも浮かばない。違います、と今さらごまかしてもしらじらしい。そうです、と答えたら、先輩を悩ませるだろう。

どうしよう、どうしよう……と考えているうち、なにを考えたのか私は眠ってしまったらしかった。

翌朝、まだだれも来ていないオフィスに先輩の姿があった。

私は毎日一番早くに出社する。先輩はいつも、その三十分後くらいに来る。

理由があって早く来たのかと思い声をかけたら、デスクに頬杖をついていた先輩が見るからに不機嫌ににらんできた。「ちょっとここ座れ」と隣の椅子を指差す。

「早いですね」

「早いですね、じゃねえよ」

「昨日の返事をもらってない」

私が腰を下ろすなり、単刀直入にきた。頭の片隅にその件はあったものの、あえて見ないふりして朝を過ごした私は、ぎくっと萎縮する。

「あの、答えに迷って」

「じゃあそう言えよ。俺、待ってたんだからな」

「申し訳ありません……」

言いはしたものの、まったく許してもらえていないのが伝わってきた。

そりゃそうだ、私が悪い。

「つまり俺のせいってことだな」

「ええと、まあ……そうなります」

「俺のなにが原因なんだ？」

「なにがとか、そんな単純な話ではないからこそ答えようがなかったわけで……」

先輩がバンとデスクを叩いた。

「お前はそうやって自己完結してりゃ楽かもしれないけどな、こっちの身にもなれよ」

私はバッグを胸に抱き、耳を疑った。

「楽ですって？」

「俺が原因でお前が悩んでるなら、どうしよう、なにをすればいいだろうって、さんざん考えたんだぜ」

「べつに先輩になにかしていただかなくてもいいです」

楽、と言われたのが驚くほどショックだった。そのせいで気が立って、つい噛みつくような口調になる。

「その考えが勝手だっていうんだ」

「なら先輩のは驕《おご》りです。好きと言われたら、自分もだよと返す以外、相手のためになにかできるなんて考えないことです」

「へえそうか、ずいぶん偉いんだな、言ったほうってのは」

「自分だけが心を痛めているような顔しないでください」

「だけなんて言ってない」

「だったらもう少し配慮いただきたいですね」

よくない方向に転がっているのを感じていた。心の隅にあった不安やつらさが、不必要に攻撃的な言葉となって次々出てくるのを、自分でも制御できない。

ダメだ。この流れはダメだ。

「お前、自分がどれだけ無責任なことを言ってるか、わかってるか？」

「責任なら感じてますよ、でもどうすればいいんです？　あれは嘘でしたって取り消せばいいですか？」

「その態度はないだろ」

「ご自分を顧《かえり》みてください」

「お前は俺に、どうしてほしいんだ」

「少しは自分で考えてくださいよ、なんでもかんでも私が言わなきゃならないんですか？　望みもないのに？」

ダメだ。私、こんなことを思っていたんだ。こんな傲慢で勝手な奴だったんだ。

「私はもう打てる手は打ちました、次は先輩の番です」

「逆ギレの上に丸投げか」

「どうしろっていうんです⁉」

大きな声を出すのは、自信がないからだ。勝手な訴えだと自覚しているから。

「私こそ、どうしたらいいか教えてほしいですよ。自分なりにベストを尽くした結果が今です」

「俺だってなにかできないか考えたって言ったろ！」

「そんなに考えなきゃ出てこないようなこと、してくださらなくていいです」

無理になにかをしてほしいわけじゃない。でもなにをしてほしいかもわからない。

私は逃げるように腰を上げた。「待てよ」と即座に先輩が止めた。

「話は終わってない」

「私は終わりました」

「なんだそりゃ、俺なりに頭も時間も使ったんだぞ。これじゃ完全に言われ損じゃねえか！」

先輩も、口がすべっただけだとわかっている。そもそも悪いのは私だってこともわかっている。だけど先輩のその言葉は、杭《くい》となって私の胸に打ち込まれた。

衝撃で身体が揺れるほど強烈に。

先輩が、はっと口を押さえた。私はもう、その顔をまともに見られなかった。

「悪い、湯田、俺……」

「あの、ちょっと、失礼します」

「湯田！」

取られた手を振り切って部屋を飛び出した。フロアでは絶対に泣きたくない。にじんでくる景色の中、廊下を走って、突き当たりのドアを壁に叩きつけるようにして開けた。熱い呼吸が身体の奥から襲ってくる。

鏡の中の自分は、見たことのない表情をしていた。

「言われ損か……」

わかってはいたけれど、改めて本人の口から聞くと、こんなにショックなものなのか。私の想いは、先輩に損をさせていたのだ。

「湯田！」

「わーっ！」

思わず悲鳴をあげた。背中を預けていたドアに突き飛ばされ、つんのめったところに先輩が飛び込んできたからだ。かろうじて転ぶのをまぬがれた私は、振り返った。

「女子トイレですよ！」

「わかってるよ！」

淡いピンクのタイルで構成された空間の先輩は、ものすごい違和感だ。彼も改めてそのことに気づいたらしく、さすがに心細そうな顔で周囲を見回す。

けれどすぐに、私を正面から見据えた。

「ごめん、言いすぎた。心にもないこと言った」

「ちょっとはあるから、言葉が出てきたんですよ」

先輩の顔が苦しそうに歪む。

「そう言わないでくれ」

「責めてるわけじゃないです。ああ思うのは当然です。それを認めなかったら、先輩はくたびれるばかりです」

「ほんとにあんなこと思ってない。なあ湯田、泣くな……」

口先だけはいつもどおりを装っていたものの、先輩の言うとおり、私はみっともなくも、ぼろぼろ涙をこぼしていた。先輩が言葉をかけかねたみたいに困った顔をする。

こんな顔をさせて、私は本当にダメな後輩だ。

「先輩は悪くないです、全部私で」

「お前だって悪くないよ。ただ俺、どうしたらいいのかほんとにわからないんだ。なんでお前が変なのかもわからない」

「私もわかりません」

「でも俺よりは、わかるだろ？　ヒントくらい出ない？」

走ってきたらしい先輩は、まだ少し息を荒くしている。その顔を見ていたら、胸の奥の奥に激痛が走った。それはもう、一瞬呼吸が止まるほどの痛みだった。

中川さんと、どんな休日を過ごしましたか。私と出かける予定は、もう期待しちゃダメですか。

聞きたいことはあるけれど、口に出したら、それで全部のように思えてしまいそうでいやだった。なにか言わなきゃと口を開いたら、声が出ない代わりに涙が出た。

「……楽じゃ、ないですよ」

「ごめん……」

「全然楽じゃないです」

「ごめんって」

見られたくなくて、腕で顔を覆った。ずるずるとしゃがみ込む私を追うように、先輩も膝を折る。その手がためらいがちに、私の髪をなでた。

「湯田、泣くな。お前に泣かれると、俺、弱い」

「すみません」

「謝るなよ……」

先輩の声も手も優しくて、ますます泣けてくる。そのときだった。

「なにをなさってるんです⁉」

突然響きわたった怒声に、私たちは弾かれたように立ち上がった。戸口に、清掃員の制服を着た女性がものすごい形相で仁王立ちしていた。「あ」と先輩が硬直する。

女性はのしのしと音がしそうな風格で乗り込んできて、先輩の目の前に立った。

「ここは女性用のお手洗いですよ、なにかご用ですか」

「いや、すみません、俺」

「出ていかないなら警備員を呼びます。最近見つかった隠しカメラの件で、私たちまで疑われて迷惑してるんですから！」

「か、カメラ⁉　いや、俺は……」

そういえばそんな噂を聞いた。どう見ても内部犯の仕業なので、仕方なく人事部が対応中なんだとか。

「俺は、違います」

「だったら出ていってください、早く！」

先輩は必死に否定しながら、〝清掃中〟の立て札で追い立てられるように出ていく。その痴漢並みの扱いに、ようやく私は自分が〝被害者〟だと思われていることに気づいた。あとで誤解を解いておかないとまずい。

閉じたと思ったスイングドアがもう一度開き、先輩が顔を覗かせる。

「湯田、夏休み入ったら、平日のうちに例の、行こう」

「はっ？」

「やっぱり千明に車借りる、安いし、痛ってえ！」

ついに立て札が先輩の腰にヒットした。容赦ない制裁を受け、転がるように先輩が廊下を駆けていくのを、私はドアから顔を出して見守った。

千明さんて、友達に車を貸すのにお金取るのか。そんなことを考えながら。

こんなことを言うと、お前結局どっちなんだと言われるかもしれないけれど、先輩との予定が飛んだとき、私は心のどこかでほっとした。

なぜ彼が突然、出かけようなんて言い出したのか。それはたぶん、なにかをそこで見極めようとしたんじゃないかと思ったからだ。つまり私は〝あり〟なのかどうか。

行って〝なし〟と判断されるくらいなら行かないほうがまし。

そんな弱気が芽生えた。

でもね。やっぱり、先輩とどこか行きたかったんです。
一日中ふたりだけで、罵倒されたり甘やかされたりしたかったんです。
今それを実感しました。
清掃員の女性が、泣き出した私をおろおろと慰めてくれる。
すみません、紛らわしくて。この涙は大丈夫です。あと、先ほどのは誤解ですので
あとでご説明します。
ねえ、好きですよ、先輩。
この気持ち、どう伝えたらいいですか。
伝えても、いいですか？

九月サプライズ

先輩は九月生まれらしい。

「もしや乙女ですか、私と同じですね」

「いや天秤座だけど、お前も九月なの？」

「私は十一月生まれです」

しばらく考えて、先輩が静かに首を振る。

「たまにお前がめんどくさい」

「山本、そろそろあっち行けよ。湯田ちゃんと打ちあわせしたいんだよ」

千明さんがしっしっと先輩を手で追いやった。食事どきを過ぎた食堂は、こういう気安い打ちあわせによく使われる。

「なんだよ」

コウ先輩はすねた声を出して私の隣の席を離れ、出口へと歩いていった。正面に座る千明さんがテーブルに数枚のプリントアウトを広げ、私に見やすい向きに回す。

「案内状はこれでいいよね。当日迷わないよう詳細なマップを足したいんだけど」

「あの乗り場、わかりづらいですもんね」

名簿やらなんやらを見ながら、ああでもないこうでもないと細かく検討する。私たちは近々開催されるIMC室&広報部及びその他関係者の大懇親会の幹事なのだった。会場は、なんとなんと、屋形船だ。

「ゲームの班分け、できた?」

「はい。集めたプロフィールをもとに、出身県で分けてみました」

「無駄に白熱しそうでおもしろいね、それ」

「でしょう」

日々の仕事に追われながらの準備は、このひと月で二キロ痩せたほどハードだけど、こういうバカバカしいことにこそ心血は注ぐものだ。

懇親会には日ごろおつきあいのある代理店さんやコンサルティング会社の担当さん、それに偉い方々も招く。私たちは通常もてなされる側だ。今回はそうではない。我々が誠心誠意、お取引先さまに楽しんでもらうのだ。

「Tシャツの入稿があるから、会の名前を決めないとだね」

「〝同舟会《どうしゅうかい》〟ってどうですか? ライバルたちが一堂に会すということで」

「呉越《ごえつ》同舟か、湯田ちゃん、センスあるねー!」

これが仕事なのかと言わないでほしい。仕事だ。

どんなに忙しくても、必要な時間はこの準備に割こうと最初にふたりで決めた。

これまで千明さんとは、通常業務以外でふたりきりになることはなかった。予想以上に話しやすく愉快な人だ。仲のいい同期なだけあって、コウ先輩の情報もくれる。若干、私の反応を見て楽しんでいるふしもあるけれど。

「中川っていたじゃない？」

「まだいらっしゃいますよ、残念ながら」

「あれの目論見《もくろみ》が失敗に終わったらしくて、この間ぷりぷりしててね」

私の剣幕を笑いながら、「あれ？」と千明さんが出入り口のほうに顔を向けた。

「あいつ、戻ってきたよ」

「え？」

たしかにコウ先輩だった。私に用らしく、胸ポケットをトントンと指で叩きながらこちらに来る。

「湯田、携帯に出ろよ」

「えっ、あ」

背もたれにかけたジャケットに入れっぱなしだった。取り出して確認すると、先輩からの着信が入っていた。

「午後の打ちあわせ、室長が戻ってこられなくて一時間うしろ倒しになった。お前ここから直接会議室に行くつもりだったろ」

「わ、ありがとうございます！」

知らなかったら、だれもいない部屋でぽつんとみんなを待つところだった。

「山本、中川とどんな休日を過ごしたのか、教えろよ」

「中川？」

唐突な質問に、先輩が目を丸くする。テーブルのそばに立ったまま、「どんなって」と記憶を探るように視線をあちこちさせた。

「予定してたとおりだよ。不動産屋に行って、駐車場をいくつか見て、目星つけて、車も見に行った。買わなかったけど」

「家には？」

「お茶飲んでけって言うから、上がったよ」

「お茶を飲んだだけですか」

「いや、そりゃ……」

あ、と言葉を切って私を見下ろす。

「なんか変な想像してんな、やってねえぞ」

「誘われはしたってことですか、どう切り抜けたんですか」

「千明が断り文句を考えてくれたんだ」

ふふん、と得意げに腕を組むので、なにをそんなにいばれるんだかとあきれつつ、

「どんなですか」と尋ねてみる。

「『お前とは友達でいたいから、そういうことはしない』」

「なるほど……」

さすが千明さん、論破しづらい文句を用意する。そして先輩は、よく長年の間、そう断ればいいだけということに気づかずにきたものだ。

千明さんが意味ありげに私を見て笑った。まあ当然だ。私の顔には、安堵がありありと浮かんでいるだろうから。

「さ、用が済んだならあっち行け」

「そこまで秘密にすることかよ」

「さみしいのはわかるが、あっち行け」

きっぱりと言われ、今度こそコウ先輩は、あからさまにふくれてしまった。「いいよもう」と幼児のような捨て台詞《ぜりふ》を吐き、食堂を出ていく。

気の毒だけれど、仕方ない。

彼にだけは知られちゃいけない計画が進行中なのだから。

「来月行うグループインタビューについて、計画をご報告します」

私はIMC室のモニタに映し出された自分のPCの画面を見ながら、資料のデータを一枚進めた。

「最終的には消費者にインタビューを行いますが、まずは我々で立てた仮説をもとに、社内及び関係会社の従業員に模擬インタビューを行います」

「どうしてわざわざ？」

「本番で出るであろう意見に対し、さらに深掘りする質問を用意するためと、必要であれば仮説を見直すためです」

「対象者を選出する基準は？」

「グルインの仕組みに詳しくない方がいいです。それと、顔を合わせたことのない人同士を組めるように」

なるほど、と何人かがうなずく。

商品開発やプロモーション以外の分野でグループインタビューを行うのは初の試み

だ。統合的なマーケティング、という大きな話だけに、なにをやるにも足元の目的がぼんやりしがちだけれど、それでは進めない。

緻密《ちみつ》な仮説と、徹底的な検証。その必要性をしつこく説くのは岩瀬CMOだ。彼が提案したこのグループインタビューは、IMC室が今後活動していく上で基盤となるデータを手に入れる、非常に重要な案件なのだ。


「お前が頼もしくなったって」

ある日、先輩がやけににこにこして言った。

「はい？」

「この間、岩瀬さんに呼び出されてさ。なにかと思ったら、最近お前がすごく成長して、頼もしいって。教育係として俺まで褒められた」

「ほんとですか、うれしいです」

「俺もうれしい」

そんなに？と問いたくなるほど先輩はうれしそうだ。

グルインのコーディネーターとの長い打ちあわせを終え、頭を休めに出てきたビルの外は、夕立のあとでむっと湿っていた。

「夕立っていうか、ゲリラ豪雨だろ」

「夕方のゲリラ豪雨くらい夕立と呼びましょう、悲しいから」

「終わっても涼しくないんだもんなあ」

彼の言うとおり、熱せられたアスファルトは降り注いだ雨を蒸気に変えて、蒸し風呂のような環境をつくっている。日本の亜熱帯化とはよく言ったものだ。

「情報多くて頭が疲れたな、一杯飲んで帰るか？」

「あ、すみません、今日は千明さんと懇親会の会場の下見に……」

じっとりと先輩が私をにらんだ。

いや、仕方ないじゃないですか。いくら私だって、いつもいつもコウ先輩を最優先というわけにはいかないですよ……。

流れで入った向かいのコンビニで、終業までのつなぎにとスナック菓子を買う間も、先輩はむっつりとご機嫌斜めだった。

この人、私のことをなんだと思ってるんだろう。

「おっ」

コンビニを出ようとしたとき、まさにその千明さんと出くわした。

先輩と「よお」と気軽に挨拶を交わした千明さんは、私ににこっと微笑みかける。

「あとでね、湯田ちゃん」

遊んでるでしょ、千明さん。もうほら、先輩の顔を見てください。

露骨におもしろくなさそうな態度で会社に戻る先輩に、さすがの私も口を開いた。

「言っていいですか」

「ダメだ」

「そういう顔をする資格がですね、ご自分にあると」

「ダメだって言ってんだろ！」

子供か、この人！

話は戻るけれど、ふたりで遊びに行ったのは本当に本当に楽しかった。

なぜ私が果物狩りを提案したかというと、舞い上がりすぎてまともに喋れないんじゃないかと思ったからだ。そんなことになっても、ある程度成立するようなアクティビティにしておきたかった。

だけど実際は、私だけがはしゃいで空回りなんてことにはならなかった。

先輩も相当にはしゃいでいたからだ。

『テンション高いですね』

『え、だって楽しくない？　天気いいしくそ暑いし、こういう日に遊びに出かけるとか、俺すげえ上がるんだけど』

世の中にはこういう、どこを切り取っても陽の気を発する人がいるのだ。

感動するほど先輩は一日中楽しそうで、車中では好きな音楽をかけて一緒に歌い、聞いてもいないのにアーティストの説明をした。

予定こそしっかり立ててあったものの、途中で気を引かれるなにかがあれば寄り道し、その後のスケジュールを書き直すのも平気だった。

なーんだ、と思った。いつもの先輩だ。

仕事で、おもしろい議題やちょっとした課題などにぶつかったときに見せるあのテンションが、プライベートでもこんなふうに発揮されるのだ。

運転席と助手席という近い距離で、延々ふたり。

私はすごく楽しくて、心からくつろいで、なんでも言えた。

先輩もそうだといいと祈った。

「それでは本日のMCを務めさせていただきます、広報部の千明と……」

「統合マーケティング室の湯田です、名前だけでもおぼえて帰ってくださいね」

有名な漫才コンテストの出囃子《でばやし》の中、顔なじみばかりの取引先さんたちからどっと笑いが湧いた。つかみはオッケーだ。

最新型の屋形船は、冷房完備、床もトイレも清潔極まりなく、屋上へ出れば気持ちのいい風を感じられる。

屋形船にしたのは、遅刻も早退もできないからだ。みんな忙しいのはわかるけれど、今だけは仕事のことを忘れて、お酒を飲むのに専念しましょう、ということだ。船内の広々とした座敷席にずらりと並んだ宴会客は、なごやかにこの異空間を楽しんでいるように見えた。

「お前、かっこいいシャツ着てんなー」

司会をする合間に各テーブルに挨拶回りをしている中で、コウ先輩に会った。すでに瓶ビールを数杯きこしめしているらしく、襟元をくつろげてあぐらをかいている。

「あとで先輩も着られますよ」

「えっ、そうなの？」

私と千明さんが着ているのは、〝同舟会〟と筆文字で書かれた白いTシャツだ。

「まだ内緒ですが、このあと班に分かれていただきます。みなさんにはチームカラーのシャツを用意してあります、すっごいの」

「蛍光の黄緑とか？」

「今をときめくネオンカラーと言ってください」

「お前ら、やりたい放題だな」

顔をしかめる先輩に、ふふふと含み笑いを返してその場を去った。

大丈夫。先輩の班は、先輩に似合う色をと私が独断で選んだきれいなスカイブルーです。ほかの班はド派手だったり妙に半端な色合いだったりと、当たり外れがかなりありますが。

湾に出ると屋形船は進むのをやめて停泊する。その間も宴《うたげ》は進行し、班対抗のクイズやら伝言ゲームやら、千明さんと知恵を絞った出し物で盛り上がった。

隙を見つけては、懇意《こんい》の取引先さんにお酌をし、日ごろあまり縁のない方には改めてご挨拶をする。目が回りそうなほど忙しい。

「ではしばしご歓談のお時間とします」

ようやく千明さんがそう告げたときには、私は空腹と疲労でふらふらになっていた。

「お疲れ、湯田ちゃん。上で風にあたってきたらいいよ」

「そうさせていただきます」

お言葉に甘えることにした。つかの間の休息だ。

よろよろと甲板に上がると、見渡せる湾の黒い水面は、残暑を楽しむ屋形船たちの灯りでいっぱいだった。海から来る風が汗ばんだ額を冷やす。

「湯田、こっち来いよ、疲れただろ」

甲板の半分は喫煙者の溜まり場になっている。ベンチのひとつから私を呼んだのは、コウ先輩だった。私はそちらに駆け寄った。

「お邪魔します」

「今お前の話をしてたんだ」

向かいのベンチには岩瀬ＣＭＯと、ブランドコンサルティング会社の社員さん数名がいる。私は軽く挨拶をしながら先輩の隣に座った。

みんなワイシャツの上に先ほどのＴシャツを着た珍妙なスタイルのままだ。さすがお祭りという感じで、だれも気にしていない。

「いいお話でしょうか？」

「そうだよ、お前の愉快な視点と独特の言葉選びは、気づきをくれるよなって」

「……いいお話でしょうか」

なんとなく無理に表現をマイルドにしてもらった気がして、喜びづらい。取引先さんたちが笑った。

「僕らには新鮮なんですよ。こういう仕事をしていると、お会いする方々はだいたい二種類なんです」

「マーケティング理論で純粋培養された感じの方と、さっぱり理解できないけれど、必要性は感じるので渋々やってるって感じの方」

口々に言うのは中堅と若手のふたり組で、そういえば彼らも先輩後輩だと聞いた。

ＣＭＯがうなずく。

「湯田は、そういう勉強をしていたわけじゃないもんな」

「そうですね、なにせ史学部ですので……」

「よく食いついてきてるなって感心するよ」

「山本さんのご指導のたまものです」

「事実、そうなんだろうな」

ＣＭＯは優しく笑ってそう言った。コウ先輩は突然自分の話になり、目を丸くする。

「山本は最初、後輩を持つのをいやがってたろう」

「まだ人に教えられる立場ではないと思ってたので」

ビールに口をつけながら、照れくさそうにはにかむ。

考えてみたら先輩も、私が入社したのと同時にこの新設部署に入ったわけで、たぶん自分のことだけで手一杯だったのだ。なのに私の記憶では、配属当初から統合マーケティングの考えに精通して、手を引いてくれる人だった。

「希望して入ってきたんだったな」

「営業してたころ、会社の考えに軸がないのが不満で。どんなにいい商品も、それがないとやっぱり一過性の流行りで終わるなと」

「お前は知らないだろうが、上長からもいい推薦状が出てたんだよ。惜しいけどあげます、みたいな」

「本当ですか」

はじめて知った話らしく、先輩はうれしそうに笑った。こういう正直なところがいい。そんなことを思っていたら、その顔がくるっとこっちを向いた。

「俺、いずれはマーケティングをやりたいと思ってて、理想的な形でそれが叶ったから、自分の仕事に専念したかったんだ」

「よくそれで、私を受け入れてくださいましたね」

「だってお前が悪いわけでもないし、こうなったらとことん一緒にやろうかなってさ。会ったら女の子だったのにはあせったけど」

「えっ、知らなかったんですか」

驚く私に、ＣＭＯが「あえて言わずにおいた」とうなずく。

「どうしてです？」

「そのほうがおもしろいかと思って」

偉い人のジョークは、往々にして笑いづらいのはなんでなのか。はは、と私は乾いた笑い声を出し、先輩は「勘弁してくださいよ」と正直にへそを曲げた。

「ま、お前たちを組ませたのはだれが見ても成功だ、俺の人を見る目もまだいけるな」

「慧眼《けいがん》だと思います、実際」

取引先さんが、完全にお世辞という感じでもなくうなずく。

そのとき、階下から『みなさーん』とマイク越しの声がした。いけない、時間だ。

『ただいまよりサプライズイベントを行います、どうぞお席にお戻りください』

「席に戻りましょう、みなさん」

私は幹事の頭に戻り、甲板にいた全員を誘導して自分も戻った。ぞろぞろと宴会場へ続く階段を下りながら、「サプライズイベント？」とみんな首をひねっている。

コウ先輩も不思議そうに耳打ちしてきた。

「なあ、なにがあるんだ？」

「内緒だからサプライズなわけで」

「お前ほんと最近、秘密主義だな！」

なんとでも言ったらいいです。

プンプン怒る先輩を置いて、私は廊下で彼らと分かれ、厨房へと向かった。

厨房には注文しておいたとおりのものが置いてあった。急いで準備を整える。座敷からざわつきが聞こえた。電灯が消され、真っ暗になったのだ。そしてすかさず流れるおなじみのあの曲。だれもが心浮き立つ、『ハッピーバースデートゥーユー』。

千明さんのアナウンスが入った。

『なんとお客さまの中に、本日お誕生日の方がいらっしゃいます』

彼、たぶん居酒屋でのバイト経験がある。すっかりお酒の入った座が、わーっと盛り上がるのが聞こえた。

『山本、前へ！』

いっそう大きくなる盛り上がりを聞きながら、私は慎重に宴会場へ向かった。

私が姿を見せると、歓声と拍手が激しくなった。なぜなら私の手にあるのは、四十名に切り分けることのできる特大のケーキで、その上では二十六本のろうそくが炎を揺らしているからだ。この光景を見て、反射的に拍手をしない人なんていない。

微調整の利かない設備らしく、宴会場は予想した以上に真っ暗だった。

そんな中、中央にぽつんと立たされた先輩は、ろうそくの明かりを頼りにそろりそろりと近づいていく私を、ぽかんと見ている。

びっくりしましたか、先輩？

「火を消すんですよ」

目の前に行っても先輩が動かないので、そうささやかなければならなかった。先輩ははっとして、「あ」と私とケーキを見る。

歌が終わり、鳴りやまない拍手の中、先輩がろうそくを吹き消そうとしたとき、なにやら新たなコールが観衆から沸き起こった。

はじめ、聞き取れなくて意味がわからなかった。ＩＭＣ室のメンバーがどっと笑い、やんややんやのかけ声が飛んだので、何事かと周囲を見回す。身振りではやし立てる人たちのおかげで、ようやくなんのコールか理解した。

〝チュー〟だ！……学生か、みんな！

私が先輩にしろということだろう。無理だ。心理的にももちろんだけれど、物理的にも。ケーキのトレイを置く場所がないし、重さがあるので持っているだけで精一杯。それにしても、知的な人たちもお酒が入ると子供っぽいことをするなあ。あはは、なんて心の中で笑っていたら、ぐいと肩を引かれた。

まだ火の灯っているケーキを傾けないよう、とっさにバランスをとったところに、頬に温かいものがぶつかってくる。わーっとみんなが沸いた。

私は凝固していた。どうやら、先輩のサービス精神をなめていたようだ。

「お前が企画してくれたの？」

「あの……はい、まあ」

私の肩をつかんだ先輩が、満面の笑みでささやく。顔、近いですよ、近いです。

「すっげえうれしい、サンキュー」

もう一度、今度は鼻先に素早いキスをすると、先輩はろうそくをひと息で吹き消し、私の手からトレイを取り上げた。

「食いましょ！」

明るいかけ声とともにギャラリーのもとに駆け戻り、わっと人々に囲まれる。各人がフォークやスプーンで好きなだけケーキを持ち去って、トレーはあっという間に空になった。厨房に持ち帰って切り分けるつもりだったんだけれど……まあいいか。

酔いもピークに達しているせいか、もうみんな大喜びだ。

「湯田ちゃん、大丈夫？」

「はあ……」

千明さんに声をかけられるまで、私は呆然と突っ立ったままだった。気づけばいつの間にか電気がついている。

「ごめん、あいつバカだと思ってたら、予想を超えてバカだったみたい」

「はあ……」

あ、お取り皿を持ってこなきゃ。いや、もういらないか。

「たぶん、さみしかった反動だと思うんだよね、ほら、湯田ちゃんしばらく、こっちの件にかかりきりだったろ」

「はあ……」

「……まあ、見捨てないでやってよ」

「はあ……」

まいった、脳が働かない。

先輩、あの場でああするのがベストだったのはわかります、あくまで盛り上がり的にはですが。でも、あれでしょ。あなた本当にバカでしょ。

そして、じつは喜んでいる私もバカだ。だって先輩にキスしてもらえるなんて、ラッキーにもほどがある。こんな奇跡、一生ないと思っていたのに。

そして近くで見ても男前は男前だった。勉強になった。

お酒が過ぎると、たまに先輩ははしゃいでいた間の記憶をなくす。

今回はどうだろう。

「湯田、食えよ、うまいぜ」

当人はご機嫌で私を呼ぶ。周りの冷やかしも気にせず差し出しているフォークには、どう見ても大きすぎるクリームとスポンジのかたまりが載っている。

千明さんがつかつかとそちらに行き、ぱくっとそれを食べた。「お前じゃねーよ」と文句を垂れる先輩の頭を、丸めた進行台本でスパンと叩く。

「黙れ、アホ」

先輩はフォークを握ってきょとんとしていた。

もうすぐ上期が終わる。きっとこれが、最後の夏らしい思い出だ。

まあ、悪くない。でしょ？

十月の距離

「バカというか、きっとなにも考えてないのね」

「ああ、それです……」

由美さんの言葉にしみじみ同意した。本当になにも考えていない、コウ先輩は。

秋めいてきたある夜、いつものように近所の居酒屋で飲み交わしながら、深々とため息を漏らす。

「ときおり頭を使ってくれているのは伝わってくるんですけど、いまひとつ習慣化しないというか」

「それを考えなしというのよ」

「そういうちょっとおバカさんなところが魅力でもあり」

「千栄乃ちゃんて、一歩間違うとダメ男に転ぶタイプだわあ」

本当か。じゃあはじめて好きになったのが、考えなしなところ以外はまともなコウ先輩でよかったと思おう。

「プライベートではダメ男なのかもよ」

「裏表つけられるほど器用じゃない気がします」

「わかった。まとめると、仕事のできるバカね」

本人にはとても聞かせられない結論が出た。由美さんが茶豆を咀嚼《そしゃく》するたび、襟ぐりの開いた胸元がとろりと揺れてすばらしい。

そういえば、とふと思った。

先輩は、どんな女の人が好きなんだろう。


デスクにいるとき携帯が鳴った。コウ先輩だった。

彼は今、西日本の事業所を巡《めぐ》る出張中で、今週ずっと顔を見ていない。

「お疲れさまです、そちらはどうですか」

『うーん、一筋縄じゃいかないな。考えかたとか働きかたが、そもそも本社とかなり違うのがわかった』

「なるほどですね」

内線機能のある社用携帯を肩と頬で挟もうとして失敗する。受話器が恋しいときもあるなあと思いつつ、チームの日程調整をしようとしていた手を止め、携帯の会話に専念することにした。フリーアドレスと固定電話は相容れないから仕方ない。

『でもさ、この間のグルインの結果をぶつけてみると、やっぱりみんな、いい驚きがあるみたいなんだよ』

「固定観念で仕事しちゃってるなって、どこかで感じてるんですよね」

『そ、いい具合に巻き込んでいけたらなと思う。ところで岩瀬さんいる？　さっき携帯にかけたら出なくて』

「部長会です、臨時の召集がかかりました」

私は念のため、室長が戻ってきていないかＩＭＣ室内を見回しながら答えた。

『マジ？　なんの件だろ』

「みんなの予想では一時金の話じゃないかって。上期の業績がよかったから」

あー、という先輩の相槌《あいづち》の声がぶれる。背後の音から察するに、駅か空港の構内を歩いてるような感じだ。

地方の事業所は女性職員も多いから、行く先々でさぞ歓迎されただろう。

『頃合いを見てまたかけるけど、これから飛行機なんだ』

「お電話があったとお伝えします。ＩＭＣのみんなも、先輩の報告を楽しみに待ってますからね」

『サンキュ、俺も伝えたいことといっぱいある。お前は？　なにか問題起こってない？』

「大丈夫です」と胸を張ると、『そっか』とほがらかな笑い声がする。

「今日は直帰ですよね」

『そのつもり』

「家でゆっくりなさってください」

くすぐったそうに、『うん』と言うのが聞こえた。どんな表情をしているのか、想像がつく。きっと、ちょっと照れて、すごくうれしそうな笑顔だ。

『じゃ、週明けにな』

「はい」

ああ、会いたい。

今週は先輩不足で、なんだかいまひとつな私なのだ。


「えー、そうなの、じゃ言っとくよ、うん」

食堂のフロアにあるカフェコーナーに来たら、もはやなじみとなった声がした。

各階にある自動のドリンクコーナーと違い、このカフェコーナーはバリスタがコーヒーを淹れてくれる。もちろん少しお高いが、贅沢したい気分のときはここに来る。

スタンドテーブルの並んだエリアで、中川嬢が携帯片手にコーヒーを飲んでいた。

ここまで来てUターンしたら、かえって目立つ。なるべく気配を殺したつもりが、カウンターにたどり着く前に目が合った。なぜだか彼女は、愛想よく笑いかけてくる。

「わかった、航も気をつけてね。電話ありがと」

……あ、そういうことか。

ぼんやりとコーヒーの抽出を待つ間も、終わりそうで会話は終わらない。ちょこちょこ〝航〟という親しげな呼び名が登場する。絶対わざとだ、と内心で愚痴る。

時間的に、先輩はこちらの空港に着いてすぐのころだ。『電話ありがと』ということは、先輩のほうからかけたのだ。まさか〝ただいま〟の連絡ではないと思いたい。

そもそもこのふたりは特別に仲がいいのか、それとも先輩はだれにでもあんな感じなのか。ほかにもこんなふうに先輩を狙う女の人は存在するのか、するとしたらどこのだれなのか。

一番近くにいると自負しておきながら、私は案外、コウ先輩のことを知らない。

「お待たせいたしました」

「あっ、どうも」

夏の名残でつい選んだアイスコーヒーは冷たく、早くも持て余しそうに感じた。

先輩はここでドリンクを買うと、必ず隣のベーカリーコーナーからお土産を見つくろって、私に持って帰ってきてくれる。

ころんとしたミニクロワッサンを横目に見ながら、もしかしてそんなのも、私にだけというわけではなかった可能性に、今ごろ思いあたった。


午後のデスクワークも終わりが見えてきたころ、ＩＭＣ室の代表電話が鳴った。担当者がわからなかったり、相手はだれでもいいような場合のために、部屋にも番号が割り振られている。代表といってもこれも携帯電話で、部屋の片隅に置いてある。

電話を取ったメンバーが私を呼んだ。

「カスタマー企画部からなんだけど、つないでいい？」

「はい」

「コミュニケーションサイトみたいなものを企画してるんだって。こっちの動きとバラバラだとまずいからって」

わざわざ確認してきてくれたのか、ありがたい。

すぐに通話が転送され、私の携帯が鳴った。

「お電話替わりました、湯田と申します」

電話の向こうの人は、『あら』と小さく驚きの声をあげ、簡潔に名乗った。

『中川です』

なんとも形容しがたい一瞬の沈黙のあと、中川さんが企画の話を始める。私もよりによって彼女と回線でつながってしまった衝撃から自分を立ち直らせ、耳を澄ました。

『……という企画内容なんですが、こういうのってやっぱり、ＩＭＣさんの許可が必要なのかなと』

「当方、承認部署ではないので、あくまで決定権は企画部署さんにあるのですが、ちなみに販促部で近い企画があるのをご存じですか？」

『えっ、そうなの？　もうっ！』

憤慨した声があがるのもわかる。この会社の縦割りぶりはなかなか徹底しており、周囲の部署の情報は、基本的にまったく入ってこない。

「そちらはもちろん拡販目的ですが、お客さまから見て、メーカーコンテンツが乱立するのも……」

『もちろん避けるべきね。情報をありがとう、販促と話をしてくるわ。またなにかあればご相談します』

「お待ちしてます」

無駄に緊張感のあった会話は、なごやかな雰囲気のうちに終わった。あろうことか互いに有益でもあった。なんだ、ちゃんとした人だ。そりゃそうか。とりあえず、妙な失態やバカを晒さずに済んでほっとした。よくよく考えると、私がこんな心労を負うのも理不尽な気がしてくる。

先輩が悪いんですよ。あっちにもこっちにもいい顔して。それが自然体だから、やきもきするのは周りばかりで。

わかりやすいくせに、なにを考えているのかさっぱりで。

長く会っていないせいか、不満ばかり募る。

ああ、会いたい。

会社終わりにエントランスを出たところで、呼ばれた気がした。

「湯田」

また呼ばれる。きょろきょろして、声の主を発見した。通りの向かい側から、日の暮れた都心を背景に道を横切って駆けてくる姿。ガードレールを軽々とまたぐ様子は、欲目なしにかっこいい。

「おー会えた会えた、やった」

上着を片手にかけて、息を切らしている。背後のコンビニの店頭にぽつんと佇《たたず》むスーツケースは、まさか放り出してきたのか。そこまでしなくても私、逃げないのに。

「直帰じゃなかったんですか、先輩」

「会社には寄る気ないけど、はい土産」

無造作に渡された小さな紙袋は、リンと鈴の音がした。中を覗くと、ご当地もののキャラクターのチャームがわさわさと入っている。

「これは」

「あれっ、集めてるよな？」

集めている。正確に言うと、集めていた。

学生のころから、旅行先で買ったり帰省した子がお土産にくれたりして、それがなんとなくコレクションになっていた。収集熱こそ冷めたものの、会社の携帯に週替わりでつけては楽しんでいるのを、先輩は見ていたらしい。

「あとこれも、生菓子だから明日中に食って」

はい、とさらに渡されたのは、有名なロールケーキの紙袋だ。わあ、うれしい！

でも、お土産に生菓子って。

「今日渡せなかったらどうするつもりだったんです？」

「自分で食おうと思ってたよ」

「先輩が家で、ひとりでケーキ？」

いばれた図じゃない自覚があるのか、「べつにいいだろ」と恥ずかしそうに声を尖《とが》らせる。その顔から、さすがに少しの疲れを感じた。空港から先輩の家に帰るには、ここは通り道じゃない。まさか、これを私に渡すためだけに？

「ありがとうございます。それと、お帰りなさい」

見上げると、ちょっと照れたように先輩は「ただいま」と微笑んだ。

「詰め込んだスケジュールで、きつかったんじゃないですか。お疲れさまでした」

「ほんと疲れた。なあメシまだなら、どっか入ろうぜ」

「もちろ……」

「あれっ、航？」

弾んだ声が私の返事に重なった。振り向けば予想どおり、中川さんがいた。

狙っても狙えないようなこのタイミングに、もはや落胆より恐れが襲う。

ベージュのワンピースに、紺のバッグとパンプス。緩く巻いたつやつやの髪。女子力のかたまりが会社から出てきて先輩に駆け寄るのを、なすすべもなく見守った。

「よお、お疲れ」

「なによ、こっちまで来るなら飲み会にも出たらいいじゃない」

「くたくたなんだ、飲んだら寝ちまうよ」

中川さんが不満げに眉根を寄せる。その視線が私の手元をさっとなめたことに気づき、私はチャームの入った紙袋を、ケーキの手提げ袋の中にそっと入れた。先輩はガードレールに腰かけて、悪びれる様子もない。

さすがというか、中川さんがこの場に見切りをつけるのは早かった。

「そ、じゃあね」

「みんなによろしくな」

「航を次回の幹事にしとくから」

「わかったよ」

苦笑しながら手を振って、先輩は私を振り返る。

「なに食う?」

私はなんともいえない気持ちになった。

あのね、先輩。あのですね、うまく言えないんですが。

「えーっと、ですね」

「座ったら寝そうだから、立ち飲みでもいいんだけど」

「いや、ええと」

「やっぱ、あれだなー」

私のまごつきに気づかないのか、先輩は肩のストレッチをするように、腕を頭のうしろに回して笑う。

「湯田がいないと、調子出ないな」

あーあ。やめやめ。ものわかりのいいふりするのは、もうやめだ、バカらしい。

「あのですねえ、先輩」

「うん」

「お忘れではないですか。私は先輩を、好きなんですよ」

久々にはっきり言ってあげると、先輩が視線を揺らしてたじろいだ。その鼻先に指を突きつける。

「どういうつもりか聞いていいですか？　こんな気を持たせるようなことして、でもあの〝ごめん〟は有効なんですよね？」

「えっ、気を……？」

「そりゃうれしいです。こんなお土産、県境越えるたびに私のこと考えてくださってたんだなって、感激ですよ」

先輩はうろたえ、「俺は、だって」と口を開こうとするけれど、私はさせなかった。

「疲れてるくせにわざわざこんなとこまで来て、私を見つけたらすっ飛んできてくれて、うれしいに決まってます」

同期の飲み会を平然とすっぽかして、私となにか食べたい？　どれだけうれしいと思ってるんですか、バカなんですか。

とりあえず勢いを止めなきゃと思っているようで、「俺は」と先輩がくり返すのを、「うるさいです！」と一蹴した。先輩が叱られた子供みたいな顔で黙る。

「ご自分のしてることがわかってますか？　生殺しですよ。勘違いしないよう私がどれだけ必死か、考えたことがありますか」

「なあ……」

「大事にしてくださっているのもわかります、幸せだと思ってます、でも」

深く息を吸ってから吐き出した声は、想定と違って静かに震え、泣いているみたいだと他人事のように思った。

「……忘れないでいただきたいんですよ、せめて、会社の外では」

私があなたの一挙手一投足に、舞い上がったり惚れ直したりする、要するにファンなんだってことを、どうか意識の片隅に置いておいてほしい。

ねえ先輩、好きですと私が口をすべらせてから半年たちました。

やっぱりつらいんです。止められないんです、期待してしまう自分を。自分が先輩を囲む女子の群れの中の、どのへんにいるのかを、考えずにはいられないんですよ。そもそもそんな立場にないと、本人からはっきり言われているというのに。私だって、それでいいと答えたはずなのに。

それもこれも……。

「先輩が……近すぎるのが、悪いんですよ」

わかりますか？

うつむいた視界に、先輩の足元が入る。紺のスラックスと、茶の革靴。洋服の似合う身体つきというものがあるのなら、先輩がそれだ。いつだって感じよく、清潔でまとまりがいい。

「……俺は具体的に、どうすればいいんだ」

困ってるなあ、という感じの声だった。似たようなことを前にも言われたなと思い出す。顔を上げると、思ったとおり、困ってるなあ、という表情が見返してきた。

「すみません、ノープランです」

正直に白状すると、その顔がますます困ったような、若干げんなりしたふうに曇る。

「お前な」

「取り急ぎ、現状に不満があると伝えたかっただけで……」

「かいつまむと、近寄るな、ってことに聞こえたけど」

「そんな、まさか」

「そう言ってた」

先輩は譲らない。いえ、そんな。距離を置かれたりしたらいやです。不用意に近づかれすぎるとまいってしまうというだけで。……あれ？

自分の要望を整理するのに手間取っていると、「お前さあ」と先輩が息をついた。

「ものすごい贅沢言ってんじゃねえの、それ」

「あなたが言いますか」

「だって俺は湯田を気に入ってるもん。かわいい後輩だよ。ほかにそんな奴いねえし」

そういう発言を〝近すぎる〟というのだ。

突っ込みたかったけれど先輩の文句は続く。

「だからなんでもしてやりたいし、喜ぶかなと思ったら、そりゃ土産も買うよ。それをお前の都合でやめろって、勝手じゃねえ？」

「あー……」

そうくる。

「俺、間違ってるか？」

「そもそもこういう問題に、正解も間違いもないのかなと、痛い！」

鞄の角で脚を小突かれた。私のまぜっ返しぐせを、こうも的確にカットできるのは先輩しかいない。

「茶化すな」

「はい」

「どうなんだよ、俺にしてほしいことがあるなら、ちゃんと考えて言えよ。聞いてやるから」

なにをいばっているのだ、この人は。

「質問いいですか」と小さく挙手すると、「いいぜ」と偉そうな返事がある。

「そこまで気に入っていただけているのに、頑《かたく》なに〝ごめん〟なのは、なにか理由があるんでしょうか？」

彼なりのポリシーなんだろうか。たとえば職場恋愛はしない、みたいな。それとも私は、いわばマスコットみたいなもので、かわいがりはしても好きになるような対象ではないとか？

「つまり、どうしたら可能性が見えてくるのか知りたいんですよ」

「お前、意外とぐいぐい来るな」

「よくよく考えると、不可解な状況だなと思って」

中途半端な態度を責められていると感じたのか、先輩はちょっと弱気な顔になり、

「わかってるけど」と言い訳がましく口を尖らせる。

「じゃあお前ならだ、予想もしなかった相手にいきなり好きと言われて、そうか自分はどうかなとか、急に考えられるか？」

「質問に質問で返さないでください」

つい切り返したら、今度こそ先輩はすねてしまった。ぷいと視線をそらし、「俺は無理なの」と早口になる。

「後輩は後輩だし、友達は友達だし、それ変えるのはすげえ難しいの」

「ほいほい入れてあげるくせにですか、あいたっ」

頭に手刀が入った。なんだよ、当然の疑問じゃないか。

だけどわかった。肉体的にどんな深い関係になろうが、それがおつきあいに至らないのは、先輩のそのスタンスのせいだったのだ。なにがあろうと、なにをしようと、友達は友達、という。

車道でクラクションが鳴った。無理な追い越しでもしたのか、白いセダンが猛ス

ピードで去っていく。

肩越しにそれを見送る先輩の横顔が、車列のライトに照らされる。

「とすると、〝後輩〟がその先に行くには、どうしたらいいんでしょう？」

「わかんねえ」

「そんな無責任な」

「だってわかんねーよ。少なくともこれまで、そういうことはなかったの。だからごめんって言ったんだろ」

「いやだってわけじゃ、ないんですね？」

たんに、方法がわからないというだけで。

念のため確認すると、先輩ははじめてそのことに気づいたみたいに、ぱっと顔を上げて、じっと考え込むそぶりを見せてから、慎重にうなずいた。

「いやじゃない」

「じゃあ考えましょう、なんだろう、なにがあればいいんでしょうね」

「さあ……なんか、きっかけとかとっかかりとか、そういうもんじゃねえの」

「最後までしてもダメなくせに、それ以上のどんなきっかけをつくれと」

「ああいうのは、だって、ただのノリだろ」

うわあ……最低。

一歩引いた私に先輩が「違うって」と慌てる。

「対象じゃない奴となにをしたところで、気持ちが動くわけじゃねえって話だよ」

「彼女たちは動かしたくて身を任せたんだと思いますけどねえ、わあ気の毒ですね」

「少しは俺の味方しろよ」

怒ったように訴えてくるんだから、あきれてしまう。

「どの口が言いますか」

「お前には俺、手出してないだろ！」

「出さなきゃ許されるってもんじゃないでしょう、女の敵」

「なんだと！」

ただの言い争いになってきた。

「俺はもとからこういう奴だよ、いやなら俺なんかやめればいい」

「それができたら苦労しません。それとこれとは別なんです、残念ながら」

「じゃあ俺を罵倒したって始まらないだろ、見逃せよ」

「ちょっとは向上心を持ってください」

「俺に厳しすぎだろ！」

「ちやほや甘やかされたいなら、中川さんといればいいでしょ！」

言ってから、はっと我に返った。

「中川？」

怪訝そうに聞き返されて、あせる。うわ、なにを言ったんだろう私、バカみたい。

慌てて手を振って否定した。

「すみません、なんでもないです」

「なんで中川が出てくるんだよ？」

なんでもないって言っているのに……。

自分でもわかるほど真っ赤になった私の顔を、しげしげと先輩が覗き込んだ。

「お前、対抗心でも燃やしてんの？」

「見逃しましょうよ」

「俺が言ったんだろ、それ」

意外なことに、こういう心理には気がつくらしい。どうしてその勘を、もっと大事なところに使ってくれないのか。

「中川みたいになりたいなら、髪伸ばせば？」

「そういう意味ではまったくないです」

やっぱり全然わかっていなかった。脱力した私に、先輩が不機嫌になる。

「なに怒ってんだよ」

「気落ちしているだけです、どうあっても無理なのだろうなと」

「無理ってなにが」

「だって無理でしょ。屋形船で私になにをしたか聞いてますよね。あれがきっかけにならないんなら、どこに望みがあるんです？」

ちなみにあのときのことは、やはり先輩はきれいさっぱり忘れていた。ただしいろいろな人が冷やかしまじりに話して聞かせたので、把握はしている。

「そんなの、わかんないだろ」

「先輩はいったい、どんな立ち位置なんですか」

痛いところをつかれたらしく、整った顔が傷ついたみたいに歪んだ。またふくれるかなと思ったら、先輩は視線を落として、難しい顔で考え込み、ぼそっと言った。

「いやじゃないんだって、言ったろ。それで全部」

お互い、しばらく無言で地面を見つめるはめになった。なにを言うべきかわからなかったからだ。

困惑する私の手を、先輩が取った。びくっとして、思わず引っ込めようとしたところを力でぎゅっと阻まれる。

「あの……」

「試したらまた、女の敵って言われんの？」

「はっ？」

引き寄せられて、ふらつくように一歩、先輩に近づいた。ガードレールに腰を下ろした先輩は、少し見下ろす位置に目線がある。静かに見つめられて、どぎまぎした。

「や、なにをするつもりですか」

「なにって」

「はな、離してください」

「なんで抵抗するんだよ」

「しますよ」

私の指先が震え出したのを、先輩は感じているだろう。彼の手は少しだけ熱い。

全力で手を引っ込めようとする私なんて気にも留めず、先輩はつかんだ手をぐいと引き寄せた。それは先輩が腰を浮かすのと同時だった。

私はぎゅっと目を閉じて身体を固くしていた。自覚はなかったけれど、たぶん先輩の手を、力一杯握りしめていた。

口元に煙草の香りが届いた。唇に呼気の温もりが移るくらい、すぐそばに先輩を感じる。動けなかった。

先輩がゆっくりと立ち上がるのがわかった。

触れそうで触れない唇が、先輩の動きに合わせて角度を変えるのを、必死に感じ取って追わなきゃならなかった。

少しでも気を抜いたら触れてしまう。今にもかすめそうな、ぎりぎりの距離。

やがて温度がふわっと去った。おそるおそる開いた目に入ったのは、私を見下ろす、見たことのない先輩の表情だった。

困惑しているような、驚いているような。腹を立てているような、おろおろしているような。

「なんて顔してんだよ」

こっちの台詞だ、と思った。

息が上がっているのを隠したくて唇を噛む。声なんてとても出ない。

先輩はぱっと私の手を離して——正直私はそのときまで、いまだに握られていたことにも気づいていなかったのだけれど——こう言い捨てた。

「お前、ずるいよ」

どうしてあなたが、そんな苦い顔をするんです。

先輩は険しい目つきで私をにらみつけ、上着をさっと肩にかけて、再びガードレールをまたいで道の向こう側へ行ってしまう。

私は呆然と取り残されていた。

ああ由美さん、今すぐここに来て、あの困った人がなにを考えているのか教えてください。

もし、なにかを考えているのなら、だけど。

十一月、なにかが

その日は朝から社内がざわついていた。

突然、大型の人事異動が発令されたからだ。

「完全に管理職だけだな」

「それもほぼ役員に限られてますね」

来月、臨時株主総会を開いて就任の決議を行うらしい。そこでなにかが覆《くつがえ》るとも思えないから、この人事は実現するんだろう。

イントラネットの情報を確認したものの、自分にはあまり影響がないように思えたのでモニタから顔を上げた。

すると背後にいたコウ先輩にぶつかった。

「いて」

「あっ、失礼しました」

うしろから私のPCを覗き込んでいたらしい。顎のあたりを押さえて、「いや」と先輩が言う。見上げる私の視線をかわすみたいに、彼はふっと目をそらし、すぐに露骨すぎたと思ったのか、気まずそうな微笑みを一瞬見せた。

最近先輩は、ずっとこんな感じ。


「変ですよ」

「俺もそう感じる、組織変更の前触れかもな」

近隣のオフィスワーカーでにぎわう定食屋で、私は「人事の話でなく」とコウ先輩を見つめた。お膳の載ったテーブルを挟んで目が合う。

感心する勢いで食べていた先輩はぴたりとお箸を止めて、責めるような視線を私に向け、かすかに顔を赤らめた。

「お前、意地悪いぞ」

「世間の基準では、健気と言ってもらえるはずなんですが」

「そういうところが意地悪いって言ってるんだ」

「おぼえておきます」

形だけ従順に応じた私を不服そうににらみ、それから先輩はなにも喋らなくなってしまった。お箸をあちこちに動かしたと思えば、急になにやら考え込んでみたり。口を開きかけては、あきらめてみたり。

私はそんな先輩を遠慮なしに眺め回しながら、これをおかずに白飯をおかわりできそうだと考えていた。

思うに本人の言うとおり、先輩は私のことがかわいくて仕方ないのだ。あくまで後輩として、だけれど。だからできることなら、私の望みは叶えてやりたいと考えている。つまり、私の気持ちに応えたい。

だけどできない。やったことがないから。どうすればできるのかもわからない。その狭間で悩んでいる、人のいいコウ先輩。


よその部署で用事を済ませた帰り、通りかかった会議室のドアが開いていて、中にいた人と偶然目が合った。

「あっ」

「やあ」

突発的なシチュエーションのおかげで、不思議と挨拶は、普段しないような親しげなものになる。中にいたのは榎並人事部長だ。

採用に関する相談を五月にして以来、人事部は積極的に協力をしてくれており、外部のコンサルタントを入れてコウ先輩と議論を深めている。私はこの件の担当ではないため、庶務レベルでしか関わっておらず、榎並部長と話す機会もほとんどなかった。

「こんにちは。おひとりですか？」

「そう。ドアを閉めるのを忘れていたよ、おっと、入らないでもらえるかな、秘密の書類なんだ」

　正直な返答が妙にかわいくて笑ってしまう。

「じゃあ、お閉めしますね」

「ありがとう」

　そこではっと気づいた。察しよく榎並部長が片方の眉を上げる。

「なにかな」

「今朝、内示のあった人事の裏話なんて、教えていただけないですよね」

　ハンサムな顔が、ちょっと困ってみせる。彼は少し考えて、広げてあったファイルや書類を手際よく片づけると、私を手招きした。

「ドアを閉めて、こちらへどうぞ」

「はい」

　いそいそと室内に入り、言われたとおりドアを閉めたところで、コウ先輩の言葉が脳裏によみがえった。なんだったか。若い子好き？

「それで、なにをお知りになりたいのかな」

「役員人事の真意と、ＩＭＣ室への影響です。岩瀬ＣＭＯに理解を示さない方たちで上層部を固めた人事だという噂もあって」

完全に先輩の受け売りだけれど。社内のパワーバランスに詳しくない私にはわからなかったが、見る人が見れば、今回の人事はそう受け取れるらしい。

会議机の対面に腰を下ろした私に、榎並部長がにこっと微笑む。

「あなたは率直だね」

「今なら許されるかなと思いまして」

「私相手だから？」

「まだ二年目だからです」

部長は「なるほど」と楽しそうに笑い、ひとつ咳払いをすると真剣な口調になった。

「私も知っていることに限りがあるので、全部は答えられないけれど、今回の人事は社長の肝いりだと聞いている」

「ＣＭＯは関わっていらっしゃらない……？」

「彼はあくまでマーケティングの最高責任者であって、人事には門外漢だからね」

「専務はどうなんでしょうか」

「安永《やすなが》経営企画部長のことかな？」

うなずいた。ＩＭＣ室の発足を熱心に推進した人のひとりだ。彼が今回の人事をみすみすスルーするとは思えない。

「もちろん、専務も承認済みの人事だよ」

その返事は堂々としていて、信用に足るように思わせたけれど、私にはなにか隠された事実があるように聞こえた。

デスクに戻ったらコウ先輩に報告しよう。だけど榎並部長とふたりきりになったなんて知ったら怒るかもしれない。やっぱり、とりあえず黙っておこう。

「ありがとうございました、失礼します」

私は席を立ち、戸口へ向かった。

「なにかわかったら、あなたにご連絡してもいいかな」

おっ……。振り返ると、人によってはわざとらしいと感じるであろう微笑みが待っている。「ぜひお願いします」と頭を下げてから、念のためと思いつけ加えた。

「ＩＭＣ室の、湯田です」

「存じ上げているよ」

にっこり、と音がしそうな笑顔だった。

ううむと内心で唸《うな》りながらエレベーターホールへと向かった。

最上階に着き、IMC室を目指して廊下を小走りに駆けていたところを、突然目の前に突き出てきた腕に阻まれた。びっくりして立ち止まる。

腕の主はコウ先輩だった。廊下にある給湯スペースで、携帯電話を耳にあてている。私に向かって、空中になにか書く真似をしてみせるので筆記具を渡そうとしたら、それより速く胸ポケットに手が伸びてきて、ペンを抜き取られた。

「もう一回言ってくれ、戦略本部のだれ？」

片隅にあった紙ナプキンに、部署と名前を次々書き留めていく。込み入った話かと立ち去りかけたら、腕をつかんで引っ張り戻された。おとなしく待つ私には目もくれず、先輩はしばらくそうやって、名前を聞き出してはメモを取っていた。

「サンキュー千明、この件、あとで話そう」

「人事の話ですか」

通話を終えた先輩に尋ねると、しーっと指を口にあてて、廊下に人がいないか確認する。紙ナプキンには二十名近くの名前が挙がっていた。

「近々、もう一度人が動くらしい。予想も入ってるけど、これがそのリスト」

「玉突き……にしては偏ってますね」

「だろ？」

開発も含めた、要所の管理職がごそっと入れ替わる感じだ。先輩は世間話のような雰囲気を装いながら、声を低めた。

「ＩＭＣ室の活動をやりにくくするためなんじゃないかって話に、信憑性《しんぴょうせい》が出てくるよな」

「社長の肝いりだというのは、本当なんでしょうか」

「そんなの、だれから聞いたんだ？」

あわわ、もう漏らしてしまった。

新情報に興味を示す先輩に、「噂です」とだけ答える。

「社長っていったら、岩瀬さんをＣＭＯに据えた張本人だろ。なのに岩瀬さんに逆風を吹かすような、この人事を？」

「岩瀬さんをＣＭＯにというのは、社長が安永専務に説得された形と聞きます。どこかで岩瀬さんと専務の関係が狂ったとか……」

先輩は私のペンの頭でコツコツと前歯を叩きながら、紙ナプキンをにらんで何事か考え込んだ。彼の頭脳が、目まぐるしく回転を始めたのが伝わってくる。

「啓蒙《けいもう》中の今、人が入れ替わるだけでもマイナスなのにな」

「いわば最初からやり直しですもんね」

ＩＭＣ室は立ち上げ以来、メンバーがひとりひとり各部門に足を運んで、地道に統合マーケティングの必要性を説いてきた。だんだんと理解を得られてきたと感じた矢先に、理解者たちが狙い撃ちで弾き出されるような人事。

先輩は吹っ切るようにひとつ息を吐くと、ペンを私の胸ポケットにさっと戻した。

「よし、とりあえず今の情報をＩＭＣ室で共有しよう」

「岩瀬さんから、なにか言ってほしいですね」

「こんなときに長期出張なんてなあ」

岩瀬ＣＭＯは今、世界中のトップクラスのマーケターが集まるシンポジウムに出席するため米国に飛んでいる。まさか、その間を狙っての内示ということはないだろうけれど……。いや、なくもないのかもしれない。

その疑念は先輩にもあったらしく、難しい顔で黙る。

「今度お電話があったら、ちょっと聞いてみましょうか」

こういうのは若手が無邪気なふりをして聞くか、上の立場の人が公式に見解を求めるしかない。私なら、個人的興味を装ってもおそらく許される。

「できそうだったら、頼む」

先輩は優しく目を細め、私の背中を叩いた。

私がその無邪気さを発動する機会は訪れなかった。

岩瀬ＣＭＯが予定を切り上げて、思いもよらないタイミングで帰社したからだ。突然現れた室長に、ＩＭＣ室がざわっと揺れた。

「お疲れさまです、なにかあったんですか」

真っ先に声をかけたのは、ここで室長に次ぐ立場にいる、嶋《しま》さんというマネージャー級の男性だ。

「いや、視察の予定がひとつキャンセルになったので、滞在を短くしてきた」

「そうですか……」

嶋さんがなにか言おうとしたのを、室長は見逃さなかった。部屋の奥に固定のデスクを持っている彼は、出張に持っていったＰＣなどを手早く並べながら、問いかけるように眉を上げる。すぐに室内の全員の視線を集めていることに気づいたらしく、手を止めてみんなに向き直った。

「人事の件か」

「なにかしらの意図を感じずにはいられません」

「意図があろうがなかろうが、我々はすべきことをする。それは変わらないと思うが、なにが気になるんだ？」

十一名が沈黙する。そう言われてしまうとそうなんだけれど。

室長はひとりひとりを見回し、子供をたしなめる父親のように渋面をつくった。

「俺はこのメンバーを、たとえ俺が解雇されても活動が止まることのないようなチームにしたかったし、そうできたと思っている」

「室長ご自身の人事のお話が、あるんですか」

「ない。少なくとも俺は知らない」

みんなが一様に、ほっと安心したのが伝わってきた。

「だが今後もないとは言いきれない。そのときもそんなふうに不安を見せるつもりか？　我々に不可欠なのは、牽引力だぞ」

「我々はこの会社の従業員です。組織が変わってしまったら、志がどうあろうが存続を許されなくなることもあり得る」

嶋さんは冷静に伝えた。

「だから今、すべての部門に対し、統合マーケティングの必要性を説いているんだ」

「道なかばで理解者が軒並みポジションからはずされました。私たちの活動の先行きに不安が生まれるのは当然です」

それは全員の思いだった。室長は嶋さんをじっと見つめた。

「ではその懸念を払拭《ふっしょく》するために、すべきことをしよう。なにができる？」

「退く役員と引き継ぐ役員のふたりを相手に、同時に意思確認をしたいですね。今後も管轄部門に対し、ＩＭＣ活動の理解を促進してもらえるという言質《げんち》が欲しい」

「タイムスケジュールの案をつくってくれ、俺から役員に展開する」

「それから社長と話していただけませんか。今のお考えがどんなものなのか」

不安の源泉に触れた嶋さんに、室長はすぐにうなずいた。

「今日時間をもらう」

「フィードバックをお待ちしています。それから新旧役員との意識すりあわせには、山本にメインで動いてもらいたいと思います」

だしぬけに名前を出されたコウ先輩は、ガタッと音がする勢いで姿勢を正した。チームメンバーも同じように驚いた様子だったものの、そんな先輩を見て笑みを浮かべる。室長はまたうなずいた。

「それでいい」

「サポートに六川《ろくかわ》さん、入ってあげてください」

「承知しました。山本、よろしく」

嶋さんの一年下の六川さんが、たくましい身体から響いてくるような声を出す。

「忙しくなるぞ、そんな間抜け面してる暇もないくらい」

「いや、でも、かなり重要な役割なんじゃ……」

周囲に笑われて恥ずかしそうな先輩の訴えに、六川さんは肩をすくめるだけだ。

「文句があるなら嶋さんを説得するんだな」

「文句なんて」

「山本は人柄がいい」

嶋さんが言った。

「敵をつくりにくい振る舞いを自然と心得てる。そして若い。新しい役員はお前を見くびり、すぐに見直すだろう」

自分は関係ないのに、私までわくわくしてきた。

「苦手な相手は六川さんに任せたらいい。ほかのメンバーの手も自由に借りてかまわない。山本の仕事は今の流れを途切れさせないことだ。人事異動が行われたあとも」

六川さんが太い親指で私を指した。

「役員との話しあいには基本、湯田も連れていけ。より相手の印象に残りやすくなるし、経験にもなる。湯田、コウを頼むぞ」

関係なくなかった。「はい」と答えたそばから、「はい、じゃねえよ」と先輩に怒られる。そして私まで全員に笑われた。

室長が先輩のほうへ歩いていき、肩をつかんでぐいと揺らす。

「頼むぞ」

日本企業としては革新的な、マーケティング最高責任者という立場にあり、経済メディアがこぞって取り上げようとする岩瀬了《りょう》の言葉だ。かつてないほど先輩の心を震わせたに違いなく、見ているこちらにもその余波が訪れた気がした。


目が回るほど忙しい日々の始まりだった。

啓蒙のために使ってきた資料を丁寧につくり直し、単語ひとつにも細心の注意を払うことで、揚げ足を取られたり突っ込まれたりする隙をなくした。

簡単な言葉で、だれもが同じように理解でき、すとんとお腹に落ちるものを。元来ブランドとは、そう語られるべきなのだと室長は言った。

月の後半になると、役員たちとの接見が始まった。上層部同士であれば『よう』で済んでしまう入り口のひと言にも最善を尽くすべく、各役員の来歴を丹念に調べた。

先輩のすごいところは、そういう下調べの気配をまったく出さずに、気の利いた挨拶をさらっとできてしまうところだ。

「品証のご出身ですか、あそこは業務改善で社長賞を多く取っていますよね。どうやってそういう風土がつくられたのかとずっと疑問で」

こんなふうに切り出すと、向こうは相好を崩し、自分が現役のころに血を吐きながら組織の体質を変えてやったんだ、とくる。全部知っているはずの先輩は、じつに感じのいい聞き手として思い出話を引き出し、ときおり自分の知っていることも披露しては「若いのによく知ってるね」と感心させる。

賞賛まじりに私が「オヤジキラーですねえ」と冷やかすと、「やめろよ」と気恥ずかしそうに怒るのだった。自分でも新たな能力の発見だったらしい。

ＩＭＣ室でも、先輩のその才能は話題になった。

「山本くらい若いと、ぎりぎり嫉妬の対象にならないんだよな」

「そう、少し軽薄な見た目なのもいい。適度に軽んじてもらえる」

「独身だしな。向こうからしたら、嫉妬するにも値しない小僧だと自分を納得させる材料になるよな」

好き放題言われて、だんだん複雑な気分になってきたらしい先輩は、それでもほぼ完璧に役割を演じてみせ、進捗《しんちょく》は順調だった。

そんなある日の朝、コウ先輩が会社に来なかった。

「具合でも悪くしたかな？　湯田さん、なにか知ってる？」

ＩＭＣ室のメンバーから聞かれ、「いえ」と首を振る。昨日も会社終わりに軽く飲んだけれど、少なくとも別れたときはいつもどおりだった。

体調が悪いのなら、その旨の連絡が私にも来るはずだ。携帯を見てもいないようで、問いかけのメッセージを送っても読まれる気配すらない。

胸騒ぎがした。

始業から一時間ほどたったころ、会議室にこもっていた室長と嶋さんが出てきた。

岩瀬室長が自席から鞄と上着を取り上げ、急ぎ足にＩＭＣ室を出ていくかたわら、嶋さんが「ちょっといいかな」とみんなを集めた。

こういうときの常で、デスクを動かすより楽なため、立ったまま嶋さんを囲んだ。

「昨晩、山本のお母さんが亡くなった」

だれもが虚を衝かれたように顔色を変え、口を閉じた。

社員の身内の不幸なんて、言いかたは悪いがよくある。これだけの従業員数になると、毎日のようにだれかしらの親族の訃報が回ってくる。

私たちが緊張したのは、嶋さんの口調から、なにか事情があることを感じたからだ。

「本人のいないところであれなんだけど、山本の状況を理解してもらいたいから言うね。彼の家にはもとからお父さんがいないんだそうだ」

「関東の出身でしたよね?」

「山本本人はね。お母さんは離島の出だ。葬儀はその島で行われる。お父さんについてはまあ、かなり事情が複雑らしく、山本も説明しきれないくらいだった」

「兄弟は?」

「お姉さんがいる。喪主もお姉さんがするそうだ」

六川さんが「たしかに姉貴いそうだよな」とつぶやく。こんなときだけれど、すごくわかると思った。

「岩瀬さんは葬儀に参列するため発った。行くだけでも二十四時間かかる場所だ。本人からは来なくていいと言われたけど」

「俺たちも、香典くらいは……」

「それもやんわりと断りをもらっている。山本が復帰したらねぎらってやろう、そのくらいがいいと思う」

室内が、しんみりとした沈黙に覆われた。

コウ先輩に不幸は似合わないのだ。みんなそう感じているに違いない。

「いつ復帰するんですか」

「二週間の休みを取りたいと、今朝連絡があった」

質問したひとりが「二週間！」と驚きの声をあげた。一親等の不幸だとしてもかなり長い。嶋さんが、みんなの覚悟を問うように見回してから慎重に口を開いた。

「お母さんはどうも、自殺されたらしい」

だれも、なにも言えなかった。私といったら、あまりにも先輩のイメージと遠すぎて呆然としていた。復帰したらねぎらってやろう、ってそういう意味か。

「お姉さんは小さなお子さんを抱えている。山本は心労もさることながら、手続きや親族の対応で相当疲弊するだろう。二週間で足りるのかどうか」

「悔しいでしょうね、よりによって今」

六川さんがぽつりと言った。不謹慎ともいえるその発言を、だれも咎めなかった。

たぶん先輩の本音に違いないからだ。お母さんを喪《うしな》った悲しみと、なにもできなかった無力感と、そういうものはきっとほかのだれかが理解してあげている。

今の仕事からこんなふうに戦線離脱しなくてはならなくなった先輩の悔しさを、察してあげられるのは私たちだけだ。

「山本は、みんなに負担をかけることをとても気に病《や》んでいた」

「まあ実際、負担ですよ、あいつは働きがいいですから」

六川さんが肩をすくめてみせる。残りのメンバーも口々に愚痴を垂れた。

「かなりの痛手です、そう伝えといてください」

「穴が空くわけじゃないですけどね」

「つまり、一刻も早い復帰を待つが、調子に乗るなということだな。わかった、岩瀬さんに伝言を頼んでおく」

「湯田、山本と進めていた面談の進捗をまとめてくれ」

「はい」

　非現実的な緊張をまとったまま、面々は複雑な笑顔を浮かべた。ここにはいない先輩を、励ますみたいに。

　私は自分がどうすべきなのかまったくわからず、ただ先輩の声を恋しく思った。

十二月のギフト

『湯田がいないと調子出ないな』って。

　こんなときでもそう思ってくれていますか、先輩。

　先輩が出社しなくなって一週間、本人から私に連絡はなく、私も事情を知ってからは、メッセージを送ることもできずにいた。

　私はこういうとき、気を楽にしてあげたいという思いから、あえて軽く振る舞うくせが自分にあるのを知っている。今、先輩に連絡をしたら取り返しのつかないことを言ってしまう気がしたので、ひたすら先輩の休みが明けるのを待った。

「湯田さん、今いいかな」

　他部署を訪れるために階段を上り下りしていたとき、甘いボイスに呼び止められた。上に続く階段から、榎並部長が見下ろしている。

「あっ、こんにちは」

「あなたは口が堅いかな？」

「場合によります」

導かれるまま小さな会議室に入った。榎並部長がくすくす笑う。

「漏らされては私が困る、と訴えたら黙っていてくれるかな？」

「うーん」

正直、悩ましい。たとえばコウ先輩にならら言うだろうし、漏らしても榎並部長は困らないと私なりに判断した場面では、たぶん言う。

百パーセントの約束はできないなあ、そもそも人に言うために聞いてるんだしなあ、と考えていたら、彼のくすくす笑いが大きくなった。

「本当に正直だね、あなたを信じよう。人事異動の第二弾の内示が出るよ」

「いつですか！」

「三日後だ」

ということは、そろそろ本人への通達があるころか。このタイミングが、榎並部長の倫理感と、なるべく早く私に聞かせてやりたいという思いの中間だったんだろう。

「だいたいどのあたりが入れ替わるのか、教えていただけますか？」

「見たら三日後までは忘れてほしい」

部長が脇の机の上に一枚のＡ４用紙を置いた。手に取ってじっくり確認した。先日コウ先輩が千明さんから聞いたものと、ほぼ同じだった。若干減っている……ということは、年明けあたりに第三次があるのかもしれない。

「これも社長のご意向ですか？」

「そういう印象を受けた」

「どんな意図なんでしょう」

ＩＭＣ室の改革は〝広告宣伝〟〝顧客サービス〟〝従業員のオーナビリティ〟という三つの強化軸を掲げている。オーナビリティというのは、〝自分事化できている度合い〟のことだ。積極的な責任感とでも言えばわかりやすいだろうか。

ついでに言うとその三つのあとに〝品質管理〟〝戦略的ＣＳＲ〟と続く。

今回の一連の人事はどう見ても、これら五つの軸を狙い撃ちしたようにしか見えず、いくらなんでも露骨すぎる。これでＩＭＣとは無関係なんて言いきるつもりなら……。

「だとしたら、社長はどうかしてしまったとしか思えません」

「私もそこを尋ねた。私以外にも、疑問視する声はあったからね」

「返答は……？」

「『考えている』とだけ」

役員の異動ともなれば、人事部長の権限も限られるんだろう。榎並部長を責めたいわけじゃないが、情報が足りない。

「こういうのって、社長がひとりで考えるわけじゃないですよね。だれか相談相手というか、意思を共有している人はいないんですか」

「鋭いね。取締役の中に、相談を受けた役員はいるかもしれない」

部長がうなずいた。

「約束はできないが、なにか聞き出せないかやってみよう」

「無理にとは……」

「私も気になるところだからね」

彼はさりげない目配せを投げ、用紙を用心深く折り畳み、上着の内ポケットに入れてから会議室を出ていった。

続報を待つしかないと思った。


会社帰り、行きつけの飲み屋の灯りを見たとき、由美さんにかまってもらいたくなった。しばし足を止めて悩み、やめた。ここのところ、お酒を飲む気にならないのだ。いつ先輩から連絡があるかと思うと、酔いたくない。

コンビニで買った夕食を部屋で食べ、ごみをまとめて玄関に出し、下着類だけ洗濯をして早めにベッドに入った。

携帯を見つめても、先輩からの連絡はない。つい十日ほど前の、のんきなやりとりの履歴を見ているうち、なにかがこみ上げ嗚咽《おえつ》を漏らしそうになった。

親に泣かれてバイクをやめたって言ってましたね。それはお母さんのことだったんですね。息子の事故で泣いちゃうようなお母さんが、息子のいるこの世への別れを、自ら選んだんですね。

先輩、今、つらいですか。大変ですか、心も身体もへとへとですか。

私のことは、どこか心の片隅にありますか。それはもしかしたら、少し先輩を笑わせてあげたり、できないものですか。

どうして私はなにもできず、こんなところにいるんだろう。

閉じたまぶたの裏が、じんわりと熱を持った。

先輩、今なにをしていますか。


「疲れたな」

雨だな、みたいな口ぶりで六川さんがつぶやいた。嶋さんが無言でうなずく。

「このままだと、山本が戻る前に限界が来そうだな」

「でも順調に進捗してますし」

「お前のことだぞ、湯田」

進捗管理を任されている手前、そこは問題ないと安心させようとしたら、矛先《ほこさき》がこちらに向くという思わぬ展開になった。六川さんがにやりとする。

「つまらなそうな顔しやがって、俺たちじゃ相手にならんか」

「そんなつもりは」

「いなくなって気づいたが、あいつは本当に、まだ若かったんだなあ」

いなくなっていませんよ、縁起でもない。別のメンバーが「わかる」と同意した。

「若さって伝染するよな。山本が休みだしてこっち、俺、年食った気がするよ」

「なにを辛気くさい話してらっしゃるんですか」

そこへ千明さんがどこからともなく現れ、「違う若いのが来た」ともてはやされる。

困惑に眉をひそめながら、千明さんは私のそばへやってきた。

「山本から連絡あった?」

「いえ……」

「電波入らないのかなー」

「それはさすがに離島への偏見なのでは」

今日の千明さんは眼鏡なしだ。眼鏡があったほうが知的に見えるかと思いきや、逆だったりする。眼鏡というファッショナブルなアイテムがなくなるぶん、涼やかな顔立ちと相まって知性が強調される。

「だって島の暮らしって、そんなイメージじゃない？」

「サザエは海で拾うもの、みたいな異文化感はありますね」

「ガソリンがめちゃくちゃ高いとかね」

「信号が教育のために一基だけあるって聞いたことがあります。機能を知らないと島を出たときに困るから」

「湯田ちゃんて、どこでそういう情報を仕入れるの？」

「お互いさまです」

他愛もない話をしながら、千明さんも同じことを感じているんだなと思った。

コウ先輩にそんな場所は、なんだか似合わない。

さらっとスーツを着こなして、都会でぱりぱり働く先輩に早く戻ってほしい。

先輩。私のこと大事だって言ってくれたくせに。

だったら声くらい聞かせてくださいよ。

心配でさみしくて、どうかなりそうです。

数日後、私の内線用携帯が鳴った。

「榎並部長がですか？　承知しました、すぐ参ります」

『お待ちしております』

いったい彼女は榎並部長のなんなのだろうと首をかしげながら通話を終えた。最初に会ったときに同行していた女性からだった。秘書ではなく、通常の人事部員のはずなんだけれど、こんなふうに彼の代わりに連絡をしてきたりする。会社は奥が深い。

指定された会議室へ行くと、先方はもう待っていた。

「やあ、呼び出して申し訳ないね」

「とんでもないです。なにかおわかりになったんですか」

会議机越しに、数枚のコピー用紙がすべらされた。両面印刷された発言録だ。

「少し前の執行会議の議事録だ。この会議には執行役員のほかに部長級までが参加できるが、議事録は社長と社長秘書にしか展開されない」

「かなりの機密ですね」

「渡すことも難しいので、この場で目を通してほしい」

「承知しました」

みんなのところに持ち帰れないとなれば、内容を正確に記憶しておく必要がある。

私は椅子に腰を下ろして、冒頭からじっくり目を通しはじめた。

どのくらいいたったのか、ドアの閉まる音にはっとした。榎並部長が入ってくる。彼が出ていったことにも気づいていなかった私は、きょとんとしてしまった。

「夢中で読んでいたようだったのでね、どうかな？」

時計を見たら三十分ほど経過していた。議事録にはかなり込み入った、二時間ぶんの議事がびっしり書き込まれていた。気づけば脳が疲弊している。

「これは……その、商品企画の分野にまでＩＭＣ改革のメスを入れたいと、そういうお話なんでしょうか。社長がそうおっしゃったと」

「そう読み取れたのなら、そうなんだろうと思う」

榎並部長は私に先入観を与えまいとしてか、慎重に答えた。

「でもＩＭＣ室の立ち上げ時には、そこまではしないと確約されていたはずで」

「だから執行会議で議論が沸騰したんだよ。社長の発言は、この会社がもっとも誇りにしてきた商品開発の分野に、限界が来ていると言ったも同然だ」

私が眉間にしわを寄せたことに気づいたに違いない、榎並部長はふっと微笑むと立ち上がり、私の隣にやってきて、優雅な仕草で椅子に腰を下ろした。

「あなたは入社してからＩＭＣ室しか知らないのだね」

「お恥ずかしいです」

そうなのだ。私は会社の成り立ちや部署間の関係性を肌で感じるということを知らない。ほかの部門にいれば否応なしに体感するはずの、風土や仁義的な制約がわからない。はじめからＩＭＣ室という特権的立場にいるためだ。

最近そのことが、仕事をする上でのハンディキャップとして、じわじわとのしかかってきている。

「私が読み解くに、岩瀬ＣＭＯのやりかたが社内にいい影響を及ぼすにつれ、社長は欲が出たのだと思う」

「先日の人事のとき、岩瀬さんから社長に対し、直々に考えを聞いていただいたんです。『ＩＭＣ室はそのまま邁進すべし』というお返事だったそうです」

「そのとおりだと思うよ。社長はさらに先のことを考えて手を打ちはじめたんだ」

「理解者がいなくなったことで、ＩＭＣ室は厳しい局面にあります」

「いなくなったのかな、本当に？」

問われて考えた。たしかに部署を異動しただけで、いなくなったわけではない。

「社長はむしろ、理解者を増やしたいのだと思う。それも、迅速《じんそく》に」

「でしたらあらかじめ、岩瀬ＣＭＯと合意しておくべきです」

「そこはそれ、彼らも親友でありライバルだからね、信頼が甘えと虚栄心となって現れた結果じゃないかな」

そういえば、社長とＣＭＯは若い時代を同じ部署で戦った先輩後輩だ。岩瀬ＣＭＯなら理解して対応してくれるだろうと、社長が性急な手を打ったということ？　それが本当なら……。

そこまで考えたとき、視線に気づいた。榎並部長が机に頬杖をつき、茶目っ気のある目つきで私をじっと見ている。

「そろそろ自分に足りないものが見えてくる時期だろう」

「……はあ」

「こういう大企業でものを言うのは、結局人事だ。山ほどいる従業員全員を、いかに不満を最小限に、効果を最大にすべく配置するか」

「ですね」

「企画、営業。どこへなりと行かせてあげるよ、私なら」

本当ですか、と単純に浮かれるほど私も愚かではない。もちろん、いつかはそういう部門で修行をしたいと思うけれど。今提案されているのは、そんな話じゃない。

まっすぐに覗き込んでくる瞳は、自分が強者であるのを知っている。こんなときでさえ、相手の自尊心を傷つけないようにと配慮してしまうのは、日本人だからなのか。

「あの、では、いずれ」

「今すぐでもいい」

「私、戻ります、戻らないと」

私と同時に、向こうも席を立った。扉までの進路をふさがれた形になる。背が高く肩幅もある榎並部長は、立ちはだかる壁のように思えた。

ポケットの中で携帯が震えた。数コール振動して、静かになった。

「予定があるのかな」

「いえ、あの、はい、ありがとうございました」

「残念だね」

「ありがとうございました、本当に……」

声が震えた。感じのいい笑みとともに一歩詰め寄られて、私は後ずさる。小さな会議室だから、すぐ壁にぶつかった。

どうしよう。私が考えすぎているだけで、言葉どおり、キャリアを積む手助けをするという話なのかもしれない。そんなわけはないと確信しつつも、もしそうだったときのために妙な反応をしたくないという気持ちが枷《かせ》になり、声も出せない。

俳優みたいな顔がにこっと笑った。右手が私のほうに伸ばされた。

身体のどこだろうと、あの手で触れられたら最後、私はこれまでの能天気さを失い、違う私になるだろう。

どうしよう……！

ぎゅっと身を縮めたときだった。部長の背後のドアが乱暴に開いた。

入ってきた人物は、開けたドアを今さらコンコンと叩き、微笑とも冷笑ともつかない笑みを浮かべて戸口に立っている。

「うちの湯田を、返していただけますか」

コウ先輩だった。

榎並部長が、私が握りしめていた用紙をすっと取り上げる。

「機密の書類を引き取ろうとしただけだよ」

彼はそう言って、にこやかに去っていった。

「なんだそりゃ、危機一髪だったね」

目を丸くした千明さんがビールジョッキ片手に、コウ先輩の肩を叩いた。

「よく湯田ちゃんの居所がわかったな、山本」

仕事終わり、久しぶりにこの三人で、食事代わりの飲み会を開いているところだ。

先輩は黒ビールのグラスを空になるまであおり、ふーっと息をついた。

「あの会議室、榎並部長の名前で予約されてたんだよ。システムで見つけたんだ」

「どうして私が榎並部長といるってわかったんですか？」

「お前が電話でそう言ってたって、ＩＭＣ室で聞いたからさ」

店員さんに「同じのを」とグラスを渡しつつ、たしなめるようなまなざしを私に向ける。私はちょっとした隠密行動がこんな形でばれたのが情けなくてうつむいた。

「なにしてたんだよ、ふたりで？」

「今回の人事の裏話があるとのことだったので……」

「向こうから、わざわざ教えに来たってのか？」

「いえ……」

私がお願いしました。

小さな声で白状すると、先輩の目つきが険しくなる。

「榎並は危ないって、俺言ったよな」

「だって……」

「だって、なんだ」

だってはだってだ。

私は久しぶりに見た先輩が思いがけず元気そうで、変わらなかったことに安心して、ぐずりたい気分になっていた。二週間も会わなかったことなんて、これまでない。しかもその間、ひとつの連絡もなしなんて。

「あんまり責めるなよ、湯田ちゃんなりに思うところがあったんだろ。お前もどれだけ彼女を心配させたか考えてみろ」

千明さんになだめられて、先輩は不満げに口をへの字にする。そんな表情も懐かしくて、じんわり泣きそうになった。

「ご家族のほうはもう落ち着いたんですか」

「まあな」

短く答えた先輩は、ぶっきらぼうすぎたと感じたのか、すぐに言葉を継いだ。

「姉貴がしばらくあっちに残って、親戚の相手をすることになったよ。なんせじーちゃんばーちゃんに会ったのもはじめてでさ、俺ら」

「そんなことってあるのか」と千明さんが驚く。

「勘当でもされてたってことか？」

「近いんだけど、正確にはお袋が意地を張ってただけっぽい。俺と姉貴って種違いなんだけど、俺のほうの親父がどうも、地元のお偉いさんらしいんだな」

「結婚を反対されて、家を飛び出した？」

「いや、そもそも結婚できる相手じゃなかったんだ。意味わかるだろ？　それをいい加減にしろって怒られて、六歳の姉貴を連れて家を飛び出して、以来実家とは音信不通だったってわけ。俺は飛び出した先で生まれた」

へえ、と相槌を入れる千明さんは、先輩の家庭が複雑であることはもとから知っていたんだろう。上着を脱いだコウ先輩は、組んだ脚に片手を置いて煙草に火をつけた。

「未婚のままふたりの子持ちだぜ、怒るほうが普通だよな」

「話だけ聞いてりゃ、そうだな」

「お袋はもとから不安定なとこがあったから、そんな母親で苦労させたねって、ばーちゃんが泣きながら謝ってくれたりして」

「なんだ、いい人たちじゃないか」

「いい人たちだったよ。なにかあったら頼れって言ってくれて。でも親戚って感覚、俺、よくわかんないんだよなあ」

困ったように言って、ぷかりと煙を吐き出す。

そのあっけらかんとした態度が、かえって切ない。先輩の境遇は、世間一般からしたらかなり変わってると思うんだけれど、本人はたぶん、そこまでとは思っていない。

「いきなり抜けて負担かけたろ、ごめんな、湯田」

「いえ、はい……いえ」

先輩の気持ちを考えたら、どう答えたらいいのかわからなくなった。「なんだその返事」と先輩が笑う。千明さんも複雑に微笑んで。先輩のいなかった間の話なんかをして、疲れているのかお箸の進まない先輩に、あれ食えこれ食えと世話を焼いていた。とりあえず食べるだけ食べたかな、というころだった。

「あれ、おい山本」

千明さんが、肩にもたれかかる先輩を揺する。そういえば少し前から、先輩の声を聞いていない。寝てしまったのかと思われた先輩は、億劫《おっくう》そうに顔を上げると、絞り出すように言った。

「頭いてえ……」

「そんな飲んでないだろ。やっぱ疲れてんだよお前、無理すんな」

「うん……」

両腕に顔を埋めて、テーブルに伏せてしまう。これは本当に具合が悪そうだ。

「先輩、もう帰りましょう。タクシーを拾いますよ」

「悪い。お前らまだ飲んでていいよ」

なにをバカなことを。

「こんなふらふらの人をひとりで乗せたら通報されますよ」

「マジでぐらぐらしてきた。っかしーな、薬飲んだのに」

「えっ、薬って、なんのですか」

「風邪薬」

風邪薬飲んで、お酒飲んだの。

あぜんとした私たちを、先輩が気だるげに見上げる。

「まずいんだっけ」

「まずいの代表ですよ、へたしたら落ちますよ」

「んな大げさな……」

言うそばから先輩が、ぐらりと傾いて千明さんにぶつかる。私は急いで店員さんのもとへ走った。タクシーを呼んでもらうためだ。千明さんの声が追いかけてくる。

「湯田ちゃん、法人タクシーを指定して」

「え、なんでですか?」

「万が一車内で吐いた場合、個タクだと法外な額を請求されるんだよ」

社会人は、いろいろ知っているものだ。

どういう経緯でその知識を仕入れたのかは、聞かないことにした。

「ごめん、なにかあったら連絡してね」

千明さんが申し訳なさそうにしながら靴を履く。

「このぶんなら大丈夫ですよ。ほら急がないと、電車終わっちゃいますよ」

腕時計を見てうわっと叫ぶと、千明さんは先輩の部屋を飛び出していった。比較的遠方に住んでいるので、彼のほうが終電が早いのだ。

千明さんがコウ先輩のマンションを知っていて助かった。私は最寄り駅は知っていたものの、さすがに建物の場所は知らない。

タクシーの中で、コウ先輩は完全に意識を失い、泥酔というよりは熟睡状態だった。

二十分ほどの道を昏々《こんこん》と眠って移動し、運転士さんに白い目を向けられながら、千明さんに担がれるようにして八階まで上がってきたのだ。

「いて……」

「先輩、お水飲みますか」

ベッドに横たわった先輩は、私がいることも認識していないようで、ぼんやりと天井を見上げると、また目を閉じた。胸が苦しそうに上下している。

先輩の部屋は、ごくオーソドックスな1Kだった。家具も凝りすぎず無頓着すぎず、ラックやデスクといった、いかにも身軽な独身男ですという雰囲気でまとまっている。

部屋の奥の本棚には私も借りたことのあるマーケティングの本や、先輩の好きな経済学の教授の著作が並んでいた。その中に、かねてから読みたいと思っていた本を見つけた。今度借してもらおう。

物色していたら、ベッドのほうで物音がした。先輩が危なっかしい足取りで廊下のキッチンに向かうところだった。追いかけて、シンクの前に立つ先輩に声をかける。

「先輩、なにか必要なら、私がやりますから」

「ん……」

先輩は水を一杯飲むと、シンクの縁に両手をかけてじっとうつむいた。なぜか水は出しっぱなしだ。

「気分、悪いですか……?」

うなずきも首振りも返ってこない。聞こえていないんだろうか。

もしかして無理にでも吐かせたほうがいいのかと、おそるおそる背中をさすってみた。くぐもった音が聞こえたので、もどすかなと思い、身体を支えてあげようとして勘違いに気がついた。嗚咽だ。

私は動転し、千明さんを呼び戻そうかと考えた。先輩が、先輩が……泣いている。

「先ぱ……」

「俺は苦労なんか、かけられてなかった」

急にはっきり喋り出したので、またびっくりした。見ないようにしていた顔を、思わず覗き込んでしまう。シンクの底を見つめる瞳には、予想したような涙はなく、だけど熱っぽく潤んでいた。先輩がぎゅっと唇を噛んだ。

「うるせえんだよ」と吐き出すように言って、拳《こぶし》をシンクの縁に叩きつける。そばのラックに重ねてあった食器が揺れて、危うい音を立てた。

私はびくっとした。私に言ったわけじゃないことはわかる。たぶん先輩は、私がここにいることにも気づいていない。

気づく前に立ち去るべきかもしれない。こんな先輩は、見ているのもつらい。

そろりと玄関のほうへ身体の向きを変えようとしたとき、ラックに積まれていた食器のひとつがすべり落ちるのが見えた。

あっ、と思った瞬間には床に破片が散っていた。

目の覚めるような残響。顔を上げた先輩と視線がかち合う。

「……あの」

先輩の表情は妙に普通で、それが逆に奇妙だった。

水滴が茶色い前髪の先で光っている。

シンクの水は、最大量で流れ出るまま。

穴が開くほど私の顔を見つめているわりに、その奥の脳が働いている印象は受けなくて、明らかに先輩はおかしい。千明さんがネクタイをはずしたりあちこち緩めたりしていったせいで、見た目が不必要に退廃的なのも困る。

ふらりと彼がこちらによろめいたように見えて、とっさに手を差し伸べた。その手を引っ張られ、気づいたときには長い腕の中にいた。

その一瞬あとには、唇が重なっていた。

——え。

ぐいぐいと押しつけるようなキスに、逃げることも叶わない。

ええと。これは……考えたくないけれど、だれかと間違えている可能性が高い。

控えめに身体を押し戻すと、素直に離れていく。そのままふらっと向こうへ行きそうになるのを慌てて引き戻した。先輩のすぐうしろには、陶器のかけらがあるからだ。

「わ、先輩、ちょっと……」

危なっかしい身体は素直すぎるほど私の導きに従い、結果、私たちはドアを弾き飛ばして、もつれるように部屋に転げ込んだ。

入ってすぐのところにあるベッドに倒れ込んだのは、先輩が誘導したのか偶然なのかわからない。私は上になった先輩に頭ごと抱きしめられており、そのせいで状況すらよく理解できずにいた。

とりあえず、重い。いかにも酔っぱらいらしい加減のなさで、ぎゅうぎゅう締め上げるものだから、どぎまぎするよりも苦しくて混乱した。

「うぇっ」

背中に回った手が、容赦なく襟をうしろに引き下げた。ぐいっと喉元が締まる。むき出しになった首のつけねに噛みつかれて、たまらず悲鳴を漏らした。

なんだこの仕打ち。抱き寄せるのも噛むのも力任せで、とにかく痛い。

もうめちゃくちゃだ。

舌が耳のあたりを這い回るのから逃げたくて、身をよじってみるものの、びくともしない。ブラウスをスカートから引っぱり出され、そこから熱い手が入ってきて脇腹をなでたとき、私はようやく、そういうことかと覚悟した。

やっぱりこれは、そういうことなのか。

息が上がっていた。頭が混乱してもいた。だけど心の中は不思議と静かで、そうか、となにかがすとんとお腹に落ちた。

抵抗するのに必死だった手を、向こうの背中に回してみる。私の首筋に顔を埋めた先輩はびくっと反応して、ひと息のちに、ほっと安心したように身体の緊張を解き、優しく私を抱きしめた。

よしよし、となでてあげたい気分だった。

けがをしている動物は凶暴だから、さわっちゃダメよ。そんな教えを思い出す。

これで先輩が癒《い》えるのなら。少しでも楽になるのなら、私は力を貸しますよ。

許しを得たのがわかったのか、先輩からさっきまでの荒っぽさが消え、じゃれつくような動作になってくる。とはいえやっぱり力のセーブが効かないようで、私は大型犬の相手をするときのような、あのやぶさかでない大変さを味わうはめになった。

先輩はこういう人なんだろう。こんなふうに泣く人なんだろう。

なにかにめいっぱいしがみついて、それが女の子ならついでに欲望に従って、ひたすらぶつけて、自分を解放するんだろう。

涙は見せずに。

正気に戻ったとき、彼は激しく後悔する、絶対に。だからもしかしたら、殴ってでも止めるべきなのかもしれない。だけどそれはそれで、もったいなくてできなかった。

勝手な後輩でごめんね、先輩。

先輩はどうやら、きゅーっとくっつきながらするのが好きらしい。

苦しい、とたびたび思うものの、そこを気にしている余裕は正直なかった。

たぶん私が未経験なせいで、なかなかうまくいかないのが不思議らしく、先輩は何度か首をひねっていた。

思いやり深いとは言いがたい扱いに、手の甲を噛んで呻《うめ》き声を隠した。

性急に動く間も、先輩はしきりにその手を外させたがって、引きはがしてはキス、ひたすらキス、だった。

見下ろす目が甘えるみたいにとろけて、怯えさせるような危険な匂いもあって、肩とか腕の筋肉がきれいで、荒い息と汗が色っぽくて。こんな先輩を数多くの女の人たちが見てきたと思うと、うらやましすぎて憤死しそうだ。

ある長いキスを終えたとき、ふと先輩が私の顔をじっと見て、だしぬけに、ふわっと笑って言った。

「湯田じゃん」

その声が、あまりに行為とかけ離れて、晴れた日みたいにからっとうれしそうだったので、涙が出そうになった。
湯田ですよ、最初から。
ねえ先輩、思い出さないでね、このことは。きれいさっぱり、なかったことに……
なんてうまくはいかないだろうけれど、とりあえず私はね、幸せです、今。
胸がちくちくしますが、幸せです。
だから先輩も、早く楽になって。
つらいことから離れて、笑えるようになってね。
この想いが伝わりますように。
湿った肌に包まれて、そんなことを思った。

絡まった一月

「ちえのん！」

「うおっ、久しぶり」

地元のスーパーマーケットで、小学校時代の同級生に会った。

高校を出て以来使われなくなっていたあだ名が、面映ゆいのを通り越して普通に恥ずかしい。当時からかわいらしかった彼女はすっかり美しい女性になっており、男の人を連れていた。

近況報告をするまでもなく、向こうは私の情報を持っていた。

これが地元の情報網か。

「いいなー、丸《まる》ノ内《うち》ＯＬ！」

「いや、丸ノ内ではない」

「東京なら丸ノ内でしょ？」

「……丸ノ内って、東京全域を指す言葉じゃないよ？」

「えっ！」と本気で驚かれる。

「山手線の内側のことじゃなかったの」

「それ新しいなあ」

今度使おう。地方にはこんなびっくり仰天の誤解が実在するのだ。まあ大方は彼女ののどかなパーソナリティによるものだろうと思いながら、一緒に店を出た。

「えーと、彼氏さん？」

「そんな感じ。ほら、挨拶」

あとをついてくるように歩いていた男の人が、居心地悪そうに微笑んで会釈する。買い物袋の中身が完全なる日用品なのを見るに、一緒に暮らしているんだろう。

四つ辻で別方向へ行ったふたりの背中を見ながら、自分はもうそんな歳なんだな、としみじみ思った。そういえばうちの両親が結婚したのは、今の私と変わらない年齢だ。母に至ってはもっと若かった。

おお……とひとりで感心しつつ、ジーンズから携帯を引っ張り出す。元旦の零時に送った、【今年もよろしくお願いします】というメッセージに、先輩はひと言、【明けましておめでとう】と返してきただけだった。

喪中なのにおめでとうはダメなんじゃないだろうか。でもまあ、よろしく、とは書けなかったんだろう。その気持ちもわかる。

あのあと、どうなったかって?

もう、ぐっちゃぐちゃだ、ぐっちゃぐちゃ。とりあえず先輩の悔いっぷりは半端でなく、見ているこちらが気の毒になるくらいだった。

金曜日だったあの日、先輩が眠ったのを見届けた私はタクシーで家に帰り、翌日、遅めの朝を迎えた。時刻を見ようと手に取った携帯には、鬼のような着信履歴。

これは先輩が前夜の記憶を失っていなかったという証拠にはならない。なぜなら私は戸締まりをするにあたって部屋の鍵を借りなければならず、そのことを本人に伝えないわけにはいかなかったからだ。

【鍵はポストの中です】と携帯に入れたメッセージ。そしてベッドの上の惨状。

これだけそろえばどんな寝起きの頭でも、夜中にあったことを想像するに難くない。

というわけでその土日は、定期的に先輩から着信があったけれど、私は出なかった。メールならまだ冷静にやりとりできそうなものの、電話でなんて、なにを言えばいいのかわからなかったからだ。

それとは逆に、先輩は頑なにメッセージをよこさなかった。

なんとしても自分の口で謝りたいんだろう。先輩らしいといえば先輩らしい。

週明け、予想どおり先輩は私より早く出社して待ち受けていた。先輩はデスクのひとつで、人感センサーも反応しなくなるほどじっと考え事をしていたらしい。私が入っていくと、薄暗い室内に自動的に電灯がついた。

先輩はがばっと顔を上げ、次いで私に気づき、勢いよく立ち上がった。

向き合った私たちは、しばらくどちらも無言。

沈黙を破ったのは先輩の震え声だった。

『お前、普段タートルネックなんか、き、着ないのに、なんで』

『絆創膏だとかえって目立つからですよ』

先輩の顔色は、卒倒するんじゃないかというくらいひどいものだった。なにか言おうとしては声を詰まらせて、咳払いみたいな音を立てる。

『湯田、その、ごめ……』

『謝られても困るだけなので、やめてください』

『だって、だってお前、お前……』

私は『ストップ』と続きを手で遮った。

『私は逃げようと思えば逃げられました。私が何度目かなんていうのも本質的な問題ではないはずです。お気になさらず』

『そんなわけにいくかよ』

『謝って済む問題じゃないって言ったら、なにかしていただけるんですか？』

予想した以上に真正面から先輩がしつこいので、私はすでに苛立ちはじめていた。

謝らないでくださいよ。謝られた瞬間、あの夜のことは、たんなる事故になってしまう。そうは思いたくないんです、わかってよ。先輩も少しは望んでいたんだって、夢を見させてください。

『お前、その、身体は』

『見たまんまですよ、いたって元気です』

『そういうもんなのか……？』

あのねえ、と私は近くのデスクに、バッグを乱暴に置いた。

『どういうものかなんて知りません。とりあえず私は無事です、お気遣いなく』

『だって、すげえ血で……あれ、お前のだろ』

やめてくださいよ……。

腹が立つより先に力が抜けた。ここまで直球しか投げられない人だったっけ。

『そんなの先輩のほうが詳しいでしょ、もうこの話、やめてもらえませんか』

『勝手なこと言うなよ。お前に無視されてる間、俺、吐くほど悩んだんだぞ、実際吐いたし』

『それは二日酔いです』

『お前、ほんと勝手だ！』

いきなり叱られて、ぽかんとしてしまった。勝手？　私が？

先輩はどうやら本気で頭にきているようだ。めったに見ないほどの強い口調で私を叱責した。

『謝らせてもくれない、聞いても真面目に答えない、挙げ句、気にするななんて無茶言いやがって、勝手すぎる』

『は……』

返す言葉がなかった。萎縮したわけじゃない、あきれたのだ。

先輩の言っていることには、たしかに一理あるけれど。今、道理をふりかざせる立場だと思うわけですか？

無言の非難が伝わったのか、先輩に少し迷いが見えたけれど、態度は変わらない。

『俺が悪いよ、そのくらいわかってる。謝罪は聞きたくないっていうなら、聞いてくれるまで我慢する。でも話くらいさせろよ、じゃなきゃ進まない』

『話とは』

『お前が……どんな気持ちなのかとか、そういうことだよ』

それこそ、今ここで話したところで、なにかが進むとは思えない。先輩はいったい、私からどんな言葉を引き出したいのか。

『私の気持ち、ですか』

『そう、なんか俺に言いたいこととか』

『この話はしたくありません。以上です』

ぴしっと言うと、先輩の顔に絶望が浮かんだ。あきらめたように息をつくと、力なくデスクに腰を下ろす。スーツの前を開けているので、そんなふうにすると、ウエストから腿のあたりまでの身体のラインがはっきり出る。

これまでなら、スタイルいいなあ、で済んでいた光景だけれど、服の下に隠れている肉体がまざまざと思い出される今、自分の視線が泳ぐのを感じた。

『ひとつだけ、教えてもらっていいか』

先輩の声は真剣そのもので、緊張に満ちていた。

今度はなんだという思いで『はい』とうなずくと、先輩は落ち着きなく、スラックスの脇で手をこする。こくりと喉が鳴る音で、私にまで緊張が伝わってきた。

――俺、ちゃんとつけてた？

「どこまで行ってたの、千栄乃」

「え、スーパーだよ、そこの」

「いつまでたっても帰ってこないから、迷子になったかと思った」

なるか、こんな地元で。

母親がエプロンで手を拭きながら、私の買ってきたみりんとお餅を確認する。

「よくできました、お小遣いあげよっか」

「ちょうだい」

手を出すと、お釣りの中から五百円玉をのせてくれる。やったあ、と喜ぶ私に、ため息が降ってきた。

「そろそろ親にお小遣いをくれてもいいころなんだけどね」

「気持ちはあるんだけど、おこがましくて」

「お調子者」

「遺伝だね」

こんな母だが、初ボーナスでスカーフをプレゼントしたら、こんなお金があるなら貯金しなさいと涙声で電話をしてきた。

先輩にはもう、お母さんとのそんなやりとりは二度とないのだ。どれだけさみしいだろう。どんなふうにさみしいんだろう。

私の実家は、地方らしい庭つき戸建てだ。二階の自分の部屋に上がり、ベッドに寝そべって記憶の続きを呼び出した。


『――は?』

だから、その、と先輩は目をうろうろさせて、言葉を濁した。

『つけた形跡、なくて……俺』

耳を疑った。気にしているのって、つまり。

『……結局、自分のことですか』

『なんでそうなるんだよ、お前のことだろ』

『自分でしょ、つまり、責任とらされるのがいやなだけでしょ』

『そんなこと言ってない。お前の身体を心配してんのに、なんだよその態度』

『そっちこそ、その前に気に病むことがあるでしょう。女と見ればほいほい連れ込むくせがついてるから、こんなことになるんですよ』

先輩は本気で心外そうに、『言っとくがなあ』と声を荒らげた。

『俺は一度だって、自分から誘ったことなんてねえぞ。今回だってお前、逃げられたって言ってたじゃねえか！』

『あんなおいしいチャンスで、逃げるわけないでしょう！』

『逃げろよ、頼むから！』

そうですよね、逃げればよかったですよね。そうすれば先輩に、こんな後悔をさせることもなかったのに。なんて殊勝な思いも吹っ飛ぶほど私は頭にきていた。

この期に及んで、微妙に人のせいか！

『わかりました、私が悪かったですね。なので先輩は気にしなくていいですよ、忘れちゃってください』

『そんなわけにいくかって言ってんだよ』

『しつこい』

『いいから、俺がちゃんとつけてたか、それだけ教えろ！』

『知りませんよ、そんなこと！』

『知らねえわけ……』

ゴホン、という咳払いで我に返った。

戸口に、千明さんがなんともいえない顔つきで立っていた。

つかみあいになる寸前だった私と先輩は呆然とし、沈黙した。どれだけクリティカルな言葉を発していたか記憶を探っていたのだ。おそらく先輩も。

千明さんが腰に手をあて、うんざりした調子でコウ先輩に話しかける。

『まさかと思うけど、金曜の話？』

今日は眼鏡の日だ。レンズの奥の瞳には静かな迫力があった。

『いや、あ、そういや金曜は、千明にも迷惑かけたよな……』

『つけるつけないって、なんの話？　まさかゴム？』

机の間を縫ってやってきた千明さんが、とんでもなくダイレクトな発言をしたので、私も先輩も絶句した。先輩に至っては加害者意識も手伝ってか、また真っ青になっている。たぶん私も負けないくらい青ざめている。いや、真っ赤かもしれない。

『お前、湯田ちゃんを襲ったの？』

『俺、その、おぼえてねえんだけど』

先輩は続きを言わせてもらえなかった。近づいてきた勢いそのままに、千明さんに殴られたからだ。

『先輩！』

私は悲鳴をあげ、床に倒れ込んだ先輩に駆け寄った。

千明さんが冷たく彼を見下ろす。

『お前、最低だな、知ってたけど』

『千明さん、違うんです、一方的にってわけでもなくて』

『あのね、そういうの関係ないから。こいつが反省しなきゃならないのは、相手が湯田ちゃんだってとこ』

先輩の顔が痛そうに歪んだ。

わかってる、先輩はそれくらいわかっています。よりによって自分を好きって言っている後輩を相手にしてしまって、だから吐くほどの罪悪感だったんですよ。

コウ先輩は、ちゃんとわかってる。

『山本、どうせお前、罪の意識でしばらく湯田ちゃんの顔なんて見られないだろ。その間、俺が預かるよ』

『……え?』

千明さんは、私の肩をぐいと抱き寄せた。私は困惑して、助けを求めるような気持ちで先輩を見た。口の中を切ったらしい先輩は、唇を赤く濡らして、私と同じく困惑に眉をひそめている。

人が殴られるところを間近に見たのははじめてだった。あんな衝撃的なものなのか。肉と骨がぶつかる、生々しい音。

『お前、自分にばかりアドバンテージがあると思うなよ。教えておいてやると、ＩＭＣ室の業務分担は変わる。湯田ちゃんは俺たち広報と一緒に動いてもらうことになった。当分お前との接点はないと思え』

えっ。それは私も初耳だ。先輩の表情が、困惑からもっと険しいものに変わった。

『……ちょっと待てよ』

『さ、行こ。広報フロアに仕事の拠点をつくろうと思うんだ』

『あ、あの』

戸惑う私のバッグを取り上げ、千明さんは私を戸口のほうへ引っ張っていく。

『待てよ、千明！』

先輩の制止の声に、千明さんがゆっくりと振り向いた。

『俺は待たないし、湯田ちゃんに言ってるんだとしたら〝待ってください〟だろ。お前、何様だよ』

『湯田を返せ』

『お前のものじゃないと思うけど』

『てめえ、湯田に手出ししたら許さねえぞ』

『自分に言えよ』

『千明！　湯田には手を出すな、絶対だ』

『なあ山本』

千明さんの声が冷ややかになる。片手は私の肩に回したまま。

『お前、湯田ちゃんのなんだよ？』

先輩はもう一度殴られたみたいに愕然と目を見開き、言い返せなかった。

このあと聞いた。千明さんは少し前から、私のことを〝いいなと思ってた〟そうだ。

——ね？

ぐっちゃぐちゃでしょ。


「それは違うよ、分科会に任せる仕事じゃない」

千明さんが柔らかく否定する。

「そのほうが角が立たないかと思ったんですが……」

「立てないようにするのも、ＩＭＣ室の仕事ってこと」

そうか……。浅はかだったかと反省しながら腕組みする。千明さんと目が合った。

ＩＭＣ室と隣接する広報部のフロアも、原則としてフリーアドレス制が敷かれている。だけど中の人の違いのせいか、ほとんど席は固定されている。偉い人が好んで座る場所にはおいそれと近寄れないし、ＩＭＣ室ほど個人プレイなわけでもないから自然とそうなるらしい。

その一角にある打ちあわせ用のデスクが、現在、私の臨時席になっている。

「冬休みはゆっくりできた？」

「そうですね、実家でぼんやりしてました」

「山本から連絡あったの？」

「ないです」

わかっているくせに。来月から開始するＩＭＣ活動に関する社内セミナーの日程を組みながら、私はじろっと千明さんをにらんだ。彼が楽しそうに笑う。

「なんでああなんだろうね、あいつ。根は真面目なのに、どうも節操の分野になるとちゃらんぽらんなんだよな」

「いっそ根もちゃらんぽらんなら、あそこまでの苦悩もなかっただろうと思うと、気の毒で……」

「自業自得」

ばっさりだ。冷静で客観的な千明さんに斬られると、フォローのしようがない。

コウ先輩も彼から〝お前が悪い〟と突きつけられ続けて、なんだかもうかわいそうになってきた。見るからに思い詰めていて、月のあれがこないんです、なんて言ってみたらその場で結婚してくれそうだ。

「こないの？」

「きましたよ」

「それ、あと一カ月くらい言わないでおいてやってよ、おもしろいから」

「言いませんよ、こんなこと……」

いや、先輩のことを思えば、言ってあげたほうがいいんだろうけれど。

というか私、いくらなんでも千明さんに対してあけすけに話しすぎじゃないか？

昼間の職場でする話でもない。

どうもこの人といると、ずるずるとペースを持っていかれる。

「説明会の会場なんですけど……」

言いかけて、言葉が消えてしまった。広報部の入り口をくぐってこちらに来る、すらりとバランスのとれた姿を、千明さん越しに見つけたからだ。

「千明、これ岩瀬さんの冒頭挨拶の原稿。清書前で悪いけど」

「おっ、サンキュー。じゃあこっちで清書して、また戻すよ」

「助かるわ」

　コウ先輩は私たちの前に、赤字で修正の入った書類をばさりと置いた。それからちらっと私を見る。

「山本、これ確定稿は顔を合わせてつくるほうがいいと思うんだけど、できる?」

「俺もそれがベストだと思う、岩瀬さんのスケジュールを調整する」

「湯田ちゃん、清書にどのくらいかかるかな」

　私は室長のきれいな字で書かれた文書を確認し、作業量の見当をつけた。

「そうですね、この量なら午前中には終わりそうです」

「じゃあ十四時以降で調整よろしく」

　見上げた千明さんに、「あ」と先輩が言葉を濁した。

「わり、今日の午後は休みをもらうんだ、明日朝イチでどう?」

「いいよ。どうかしたのか」

「いや、ちょっと……家のこと」

　言いにくそうに言葉を途切れさせるのが胸を打つ。千明さんは「そっか」と微笑んで、先輩の腿のあたりをげんこつで叩いた。

「気をつけてな」

「おう」

私を少し気にするように振り返り、だけど目を合わすところまではいかないまま、先輩は行ってしまった。

あれ以来、ずっとこんな感じで話もできていない。

私が最初に話すのを拒んだのだから、仕方ないといえば、そうなんだけれど……。


その日の夜、私は由美さんの部屋にお邪魔していた。

帰省のお土産にとお菓子を持ってきたら、由美さんのところにも実家から果物がどっさり届いているとのことで、一緒に食べることにしたのだ。

「利きりんご、楽しいですね」

「それはよかったわ。農家の娘やってると、皮をむいた状態でも、見ただけでだいたい品種がわかっちゃうのよね」

「すごい！」

由美さんの部屋には、なんとなくエロティックな雰囲気を醸し出しているオレンジ色のソファがある。その上に体育座りをして、私は大量のりんごと持ってきたお菓子を交互に味わっていた。

部屋着にしているパーカーのポケットで、携帯が震えた。確認したところ、登録していない番号からの着信だった。

「すみません、仕事関係かも」

「どうぞどうぞ」

「はい」と出ると、相手はしばしなにも言わず、やがて遠慮がちに名乗った。

『……俺』


「だーれだ、ってこれ、一度やってみたかったんですよねえ、えへへ」

「昭和か」

すごすごと手を下ろしても、先輩は振り向かなかった。

『駅前の公園にいるから』とだけ伝えてきた先輩は、スーツにコートを羽織った姿で、青白い灯りの下、ぽつんとベンチに腰かけていた。

「……飲みますか？」

「え？　あ、サンキュ」

はい、とベンチに置いておいたコーヒーのマグカップを渡す。どう見てもカフェで買ったものではないカップに、先輩はちょっと驚いたようだった。

「お前んち、ここから近いの？」

「すぐです、あの建物がなければ見えるくらい」

「へえ……」

つぶやきと一緒に、コーヒーの湯気と白い息が夜の空気に散る。

先輩のコートはビジネスマンには珍しいフードつきのダッフルなのだ。それを着ていると高校生みたいでかわいくて、私は去年からひそかに、またこの季節が来るのを楽しみにしていたのだった。

「まさか先輩が、違う番号からかけるなんて手を使うとは思いませんでした」

「手じゃない。携帯落として壊したの、駅で」

「あ、代替機ですか、それ……」

「そう」とうなずく姿が力ない。踏んだり蹴ったりだ、かわいそうに。

「おうちのことは……問題なく？」

「うん、まあ。実家を手放すのに、名義変更とか、そういうめんどくさい手続きがあって。たいした家でもないのに」

「無理しないでくださいね……」

「ん」

先輩の肩越しに、地面を革靴でひっかく様子が見える。文字のようなものを書いては消し、書いては消ししていた。

「なあ」と先輩が静かに言った。「はい」と答えた。

「俺、前にお前のこと、すげえ大事って言っただろ、あれ、変わってないんだ。信じてもらえるかわからないけど」

私は先輩の背後で、カップをぎゅっと握りしめた。

わかってます。わかっていますよ、先輩。

「なのにあんなことになって。なってっていうか、俺がやったんだけど、もうほんと、後悔どころの騒ぎじゃなくて」

「先輩、あれはもう……」

「ここまで自分を嫌いになったの、人生初で。でも俺が自分を責めたところで無意味だし、もうどうしたらいいか、全然わかんねえ……」

心から途方に暮れているんだろう、先輩の声はもう、今にも泣き出すんじゃないかというほど頼りない。

メーカーらしい長すぎるほど長い休みのおかげで、あの日からもう一カ月近くがたとうとしている。その間ずっと、ひとりでここまで心を痛めていたのかと思うと、もっと早くになんとかしてあげるべきだったと悔やまれた。

先輩がコーヒーをすする。きれいなネイビーブルーのコートを見下ろしながら思った。先輩はつまり、なにを言いに来たのだろう。

カップを両手で挟んで、先輩は「なのにさ」と続けた。

「千明に言われたの、『お前は俺に湯田ちゃんを返せと言うわりに、湯田ちゃんに帰ってこいとは言わないんだな』って」

「えっ？」

先輩はますますうつむいてしまう。千明さんてば、私のいないところでそんな話を。

「俺、驕ってるんだって」

「なにをですか？」

「湯田は俺から離れたりしないって、どこかで確信してるんだって。この期に及んでそんな慢心、恥を知れって言われた」

「え……」

「なにがいやって、それたぶん、あたってるんだ……」

……え。恥じ入ったように小さくつぶやく先輩の声を聞き漏らさないように、私はかがんだ背中に身体を寄せた。

「たしかに俺、お前が千明のほうに行くなんて全然思ってない。たんにあいつがちょっかい出すのが腹立つだけで。でもそんなの最低じゃねえ?」

「最低ですねえ」

「どうすりゃいいのか、ほんと、もう……」

先輩はついに片手で顔を覆ってしまった。

わあ……。

「先輩」

「なに」

「抱きついてもいいですか?」

がく、と先輩が脱力したのがわかる。もっと建設的な提案をしてもらえると思っていたんだろう。

先輩は気を取り直すように顔を上げて、少しの間なにか言おうとしていたようだったけれど、やがてあきらめた。

「……好きにしろよ」

やった。先輩が愛しすぎてすっかり昂《たかぶ》っていた私は、カップをベンチに置いて、首にぎゅっと抱きついた。コート越しでも、案外体温って感じるものだ。

ぽんぽん、と私の手を先輩が叩いた。

「聞きたくないかもしれないけど、やっぱり俺は謝りたいよ」

「謝っていただく必要なんてないと思ってますが、そんなに言うなら聞きますよ」

お膳立てされて、かえって言いづらくなったのか、先輩が黙る。

「ちなみにかけらでも、おぼえていたりしますか？」

「……おぼえてない」

「それはよかったです」

「なんで」とふてくされたような低い声が聞く。

「内容をおぼえてたらたぶん、自己嫌悪でここにも来られてないと思いますよ」

先輩が前傾姿勢になったため、ずるずると私も体重を預ける結果になった。「ごめん」と小声でくり返すのが聞こえる。

「怖い思いしたろ、ごめんな……」

「気にしないでくださいってば」

「酒入った状態でやったあと、死ねって言われたこともあるから、どんなだったか想像ついてる。お前にはすごい負担かけたと思う、ごめん、本当に」

「いや、そこまでではなかったですけど」

なにをやらかしたんですか、それ。

「……俺、ひどいことしなかったか？」

「なにをひどいと言うかによりますが、まあ全体としてみれば私はラッキーと思ってましたよ。相手、先輩ですもん」

う……と先輩が呻いた。その方向はかえって良心を抉《えぐ》られるらしい。

くっついているせいで体温が上がったのか、先輩の首筋から、いい匂いがふわっと立ちのぼる。私はこの肌の匂いを知っている。いい気分で遠慮なく味わった。

「とにかく俺、お前のこと大事にするから」

「はい」

「それからその、内容については、おぼえてないなりに非常に不本意でもあって、いずれ挽回するときが来たら、絶対本気出すから、えーと」

「先輩、大丈夫です？」

「悪い、俺、変なこと言ってる……」

顔を覆ってしまった先輩の、耳が赤く染まった。「ちょっと待って」と彼がひとりで仕切り直す間、ほかほかしてきた身体をぎゅっと抱きしめ直してみる。

「いい加減こっち見てくださいよ」

「すっぴんだから見るなって、電話で言ってたじゃねえか」

「大丈夫そうです、この暗さなら」

目線がこわごわこちらを向く。失礼だな、と思わないでもないが、まあ許そう。

ところが先輩は、じっと私の顔を見てから、「お前、中学生みたいだな」と眉をひそめた。

最低……。

「すみませんね、顔立ちが素朴で……」

「いや、べつにいいけどさ、けっこう違うもんだな」

「日ごろそんなにメイクもがんばってないんですけど」

「だよなあ、なにが違うんだろ、そばかすかな？」

観察するうちに、人の顔であることを忘れたのか、先輩が私のほっぺたを指でぐいとつまむ。とっさに袖で顔を隠したけど遅く、先輩がきょとんとして、次いで怒った。

「赤くなるな、こんなんで」

「そっちこそ、近すぎですって、もう」

「お前がくっついてきたんだろうが」

「また人のせい！」

夜更けの公園に、いい大人がふたり、ぎゃあぎゃあと言い争う声が響く。

いつの間にか上った白い月が、ぽっかりとビルの谷間に浮かんでいた。
明日もいい天気だよ。
そう言っているみたいに。

二月革命

ＩＭＣ室の並びにある小さな会議室のひとつで、私は尋ねた。

「いつまで続くんでしょう、この人事劇」

「年度いっぱいじゃないかと思う。だがＣＭＯ自身の異動がないことから、ＩＭＣ室は存続させたいというのが社長の意思と取れる、違うかな」

「湯田にさわらないでいただけますか」

榎並部長がなにげなく私の肩に置いた手を、先輩が払いのけた。部長はおとなしく引き下がり、その手を広げるジェスチャーをした。

「独占欲と正義感の狭間、といったところかな」

「よけいなお世話ですよ」

「社長の話だよ」

悔しそうに黙る先輩をよそに、部長は私ににっこり微笑んだ。へこたれない人だ。

「社内セミナーも、引きも切らぬ参加希望者の列と聞く。きみたちの尽力は、人事の逆風の噂をじつに巧みに味方につけたと思うがね」

先輩は「ええ、まあ」と渋々認めつつも、これだけは譲れないという口調で言う。

「岩瀬さんの号令のもと迅速に動いた結果です。なにかひとつでも間違っていたら、取り返しのつかないことになっていましたよ」

「だが、そうはならなかった」

「社長がここまで見通していたと？」

「さあ」

榎並部長が肩をすくめてみせる。

「だが、一刻も早くこう言いたいんじゃないかな、特に安永専務と岩瀬ＣＭＯに。ほら、うまくいったろう、と」

ＩＭＣ室への帰り、私は少し気が楽になっていた。事態は好転している。

「男の人はいくつになっても子供ですねえ」

「俺の知らない間に、あのスケベ部長とずいぶん仲よくなったもんだな」

おっと。横を見ると、先輩から冷ややかなオーラが押し寄せてきた。

「諜報《ちょうほう》活動のためですよ」

「嘘つけ、あいつのこと、けっこう気に入ってるだろ」

まあね。あの懲りないところが、ちょっといい。人事部長としても敏腕だと聞くし、懇意にしておいてなんら損はないはずだ。

「隙、見せるなよ」

「はいはい、痛い！」

おざなりな返事をしたら、手帳で思い切りお尻を叩かれた。ふんと私を鼻であしらって、先輩は先に行ってしまう。いくらなんでも横暴だ。

「あのですね、北風と太陽っていう話があってですね」

「知ってるよ」

「人に言うことを聞かせようと思ったら、暴力なんて逆効果なんですからね」

「言うことを聞かせようなんて思ってない」

追いついて訴えた私に、先輩はくるっと振り返り、人差し指を突きつけた。

「好きに動いたらいい。けど、気をつけろって話だ」

どん、とその指で胸の真ん中あたりを突かれて、私はふらっとよろめいた。

「煙草吸ってから戻る」と言って先輩は、隔階にある喫煙室に行ってしまった。

胸の一点が、熱かった。

私が少し信頼を得たのか。それとも先輩が変わったのか。

「私たちはブランドタグラインとしてこの言葉を掲げます。これはコピーライターが勝手に考え出したものではありません」

あらゆる部門のマネージャークラスを集めた社内セミナーの会場で、先輩の声がスピーカーから響く。ＩＭＣという考えの重要さと、ＩＭＣ室が発足から二年間かけて見つけた、この会社の〝ブランドイメージ〟がどんなものかを伝える場だ。

「各事業所や生産ラインで働く従業員に細かなヒアリングをした中で浮かび上がってきた言葉です。もとから我々の中にあったものなのです」

会場は社内の大会議室だ。もっと大きなホールを借り切って一気に人を集める選択肢もあったけれど、それはやめた。大勢の中に埋もれて聞いた言葉は、自分に向けられたものではないと思いがちだからだ。

一度のセミナーで参加者は四十人まで。これが私たちの決めたラインだ。会場の広さや椅子の密度、気楽さと緊張感などを検証した結果、こうなった。『学校のひとクラスの人数だな』とだれかが言い、先人が積み上げてきたものにはやっぱりそれなりの意味があるのだと思った。

「掲げて終わりではありません。あらゆる場面で、このタグラインに沿って行動するとはどういうことなのか？　次にそれをご説明します」

　取引先も小売店も、そしてお客さまも、私たちの会社や商品に触れたことで、少し暮らしが明るくなるように。食べたり飲んだりという、生きていくには避けられない行為を、安心して行えるように。そんな願いと約束を込めたタグラインだ。

　聴衆は食い入るような顔つきで先輩のプレゼンに耳を澄ましていた。だれひとりとして中座することなく、あくびする人さえいなかった。

「上出来！」

「いてっ」

　質疑応答やディスカッションといった予定をすべて終え、参加者の退室を見送ったあと、六川さんが先輩の背中を力強く叩いた。すごい音がした。

「だがまた〝俺〟って言ってたぞ、二回」

「本当ですか、気をつけます」

　先輩が恥ずかしそうに頬を染める。大勢の前でプレゼンをする仕事をほとんどしてこなかった先輩は、まだまだこの分野では修業中だ。

　私はあの自然体で楽しげなトークが大好きなのだけれど、ときおり素が出すぎるのをこうして毎回チェックされている。

チェックするのは六川さんだけじゃない。ほかのＩＭＣ室メンバーも机や配布書類を整えながら口々に講評を述べはじめた。

「自分の入社志望動機の話のとき、出てたね。あのエピソード自体は俺、すごく好き」

「人事部の奴がめちゃくちゃメモしてたの見たぜ」

「次の回はだれが担当する？」

「さすがに山本も連続で疲れたろうから、俺が行きますか」

「やだなあ、寄席《よせ》が始まるのか」

みんなが笑うのは、六川さんのプレゼンがおもしろすぎるからだ。業界ジョークとか、ひやっとするほど際どい役員いじりなどを上手に混ぜてスピーチする。ベテランらしい安定感もあって、さすがだなあと毎度思う。

でも真にさすがだと思うのは、私を除くＩＭＣ室の全員がこのように、割り振られればプレゼンターを務めることができてしまう点だ。だれが話しても、話しかたこそ違えど語るものはぴたりと同じ。岩瀬ＣＭＯ率いるＩＭＣ室が、いかに統一された意志を持ち、また個々のメンバーが秀でているかの証明だ。

すごい人たちなのだ、改めて。

「湯田、さっき質問受けたとこ、資料さ……」

「アップデートしておきました、サーバに上がってます」

「すげえ、電光石火」

「なんのために横で見てると思ってるんですか」

質問者にマイクを渡しに走るためだけじゃないんですよ。微力ながらみんなの役に立つべく、湯田はいるのです。

心持ち胸を反らす私を見つめて、先輩が妙にじわじわと笑みを浮かべた。

「なんですか」

「いや」

そしてPCを持ったほうの手で、というかPCで、私の頭をポコポコと叩いた。

「お前、かわいいなあ、ですか」

「うん、そう」

うわっ。言ってみただけなのに、こうもあっさり肯定されると照れる。

先輩は「顔赤いし」と噴き出した。

「お前ら、つきあっちゃえよー」

千明さんが煙草をくわえて、かったるそうに言った。

「棒読みですか……」

「見ててまだるっこしいんだもん。湯田ちゃん、早くこの男と一回つきあって、幻滅して別れたらいいよ」

今日は一日かけてセミナーデイなので、各自プログラムの合間に休憩を取る。

結果的にいつもの昼休みよりゆっくり休めることになった私たちは、スペイン料理屋まで足を延ばし、昼からパエリアの大鍋を囲んでいた。

「志願してるんですけど、受験票が送られてこなくて」

「願書が読めないんじゃないかな、言語が違うから」

「お前ら、俺の前で俺の話を俺の話じゃないみたいにするの、やめてくれない？」

コウ先輩がぼやいた。意に介さず千明さんが尋ねる。

「お前さあ、なんで湯田ちゃんを彼女にしてあげないの？」

「千明さん、いい質問ですがストレートすぎやしませんか」

「だってここ数日、セミナーの運営でくたくたでさ、言葉選ぶ余力もないんだって。おい山本、お前の話だよ。食ってんじゃねえよ」

おしぼりを投げつけられた先輩は、エビの殻を慎重にむいている最中だった。顔にあたったおしぼりを拾い、念入りに手と口を拭《ぬぐ》ってから投げ返す。

真っ赤な油で汚れたそれを、千明さんは危うく白いワイシャツで受け止めるところだった。自分からやっておきながら「てめえ」と怒る。

「聞けよ」

「聞いてるよ。彼女にしちまったら、大事にできないじゃん」

エビを口に入れたまま、先輩は同意を求めるように私と千明さんを見て、ただちに雰囲気を察したようだった。何事もなかったふうを装って、おもむろに食事に戻る。

しばらく見守ってから、千明さんが口を開いた。

「ごめん、全然意味わかんなかった」

「いいよ、どうせ俺がまた、なんかズレてるんだろ」

「そんなものわかりよくならなくていいから、説明してみな」

「いいって」

こうした話題において、自分の価値基準があまり共感を得てこなかったのを思い出したのか、先輩は急に心を閉ざしたようになり、語ろうとしない。

黙々と食べ続け、まさかの逃げきる気でいる様子の先輩を、千明さんは追い詰めることにしたようだった。

「釣った魚に餌《えさ》はやらない主義かなにかか?」

「そういうわけじゃ、ないけど」

先輩が、ものすごく警戒しているのがいじらしい。

「大事にできないなら、お前にとって〝彼女〟ってなんなんだ？」

「なにって」

ナプキンで口を拭きながら、先輩はお皿をじっと見つめて眉根を寄せた。

「……彼女は、彼女じゃねえ？」

「じゃあ彼女と、どんなことしてた？」

「いたの、けっこう前なんだけど」

「いいよ、とりあえず思い出してみて」

「俺がなに言っても叩くんだろ」

「いいから思い出せっての」

業を煮やした千明さんに叱られて、先輩は不承不承といった表情で考え込み、やがて自信なさそうに語り出す。

「向こうも同じ大学内だったから、授業がないときは会ったりするよな。メシ食ったり、勉強したり」

千明さんが「するする」と相槌を打った。

なんと先輩、社会人になってからは彼女がいなかったのか。それは驚きだ。

まあ中川嬢みたいな同期に囲まれていたら、わざわざ彼女なんて必要ないだろうし、たぶん仕事が楽しくて、それどころじゃなかったんだろう。

「あと家にいても電話来たりするよな」

「来る来る、どんな話をした？」

「さあ……学校のこととか、バイトのこととか」

賛同を得て心強くなったのか、先輩の口の重さが解消されてきた。

「休日は？」

「俺、基本は授業がなければバイク乗ってたから。そうじゃないときには、普通に一緒に遊びに行ったりしたよ」

「バイクにはつきあわせなかったわけ？」

「たまにだな、そっちはそっちの仲間がいるからなあ」

「いちゃいちゃしたりは？」

「したに決まってるだろ、そのためにつきあってるんだから」

「ちょっと見えてきた」

「なにが？」と目を丸くする先輩に、千明さんが人差し指を向ける。

「悩み事とか、聞いてやった？」

「そりゃ相談されれば、聞くよ」

「お前は相談した？」

「なんで俺が彼女に悩み相談をするんだよ？」

千明さんは「きた」とうれしそうに手を叩いた。先輩はさっぱりついていっていないようで、「なにがきたんだ」と私に向かって不安そうにささやいた。

それにはかまわず、千明さんが断言した。

「お前の中で、彼女というものの地位が低いんだ」

「そんなことないと思うけど」

「ほかにすることがなけりゃ会って話して、したくなったらエッチするってだけの相手だろ、今聞いた限りでは」

「だって、そういうもんだろ？」

先輩の声には困惑が表れている。私は先輩に対し、なんとなく理解できるような、それはどうなんですかねえと異を唱えたくなるような、複雑な心境を味わった。

たしかに学生のおつきあいなんて、蓋を開けたらそんなものなのかもしれないけれど、そんなものだと言いきる人もいないだろう。

「お前さ、彼女っていったらいずれ嫁さんになって、一生を共にしてもおかしくない相手なんだぜ。お前のつきあいかたで、それができると思うか?」

「彼女をつくるとき、そこまで考えねえよ」

「ほらな、お前は彼女を別枠に置きすぎるんだよ。家族でも友達でもない、余った領域だけよろしくって具合に」

「だって家族でも友達でもないだろ?」

「だからって、家族や友達とすることをしちゃいけないってことにはならないんだぜ」

千明さんの発言は、ついに先輩の理解を超えたようだった。先輩は『?』と書かれたような顔で私を見る。

これは私の手にも余る。私は知恵を絞って、先輩にもわかるよう説明を試みた。

「うーん……たとえばですね、仕事でなにか意見が欲しかったら、私に相談することもあるでしょう?」

「まあな」

「じゃあもし私が彼女だったら、かの……」

すばらしい響きに、ふふ、と笑いが漏れたのを、先輩が「不気味」と一蹴した。

「自分で言っておいて想像で笑うな」

「失礼しました。私が彼女だったらですね、同じように相談しますか？」

「できなくなるのがいやだから、彼女にしたくないんだって」

「ほら、それだ」

最後のは千明さんの声だ。我が意を得たりとばかりに指を鳴らす。

「なんでそう〝彼女〟の役割を無理に限定するんだ。いいじゃないか、仕事のことも相談できる彼女がいたって」

「でも、それなら彼女じゃなくてよくないか？　なんでわざわざややこしくすんの？」

「お前の妙な分業制のほうがややこしいわ、アホ」

一向に理解の進まない先輩に、千明さんも焦れてきた。そして私のほうは、ちょっとわかった気がした。

「たぶん先輩のその考えかたは、人間関係に恵まれて、女の子にも不自由しなかったことの弊害ですね」

「湯田ちゃんの考察？」

「そうです。先輩はご家族にも友人関係にも満たされていたおかげで、一番あとに構築される〝彼女〟という関係に求めるものが、最初から極端に狭かったんですよ」

「要するに、メスとしての機能さえ果たしていればよかったってわけだね」

「おそらく」

そして、それでもいいという女の子があふれていたのも不運だった。もっと踏み込ませて、と言われることもなかったのだ。もしくは言われても聞いていなかったか。

「俺のせいじゃないってことだな」

「お前はもう少し、危機感を持て」

「危機感ってなんだよ」

「だれかに湯田ちゃんを取られても知らないぞ」

「だれかって」

「俺とか？」

千明さんが私に、にこっと微笑んでみせる。わあっと私は気分が浮き立った。

「私、モテ期の到来ですよ、先輩」

「はあっ？　なにがモテ期だよ」

「だって千明さんが」

「千明のほかに、だれだよ、言ってみろ」

えっ、なにその剣幕。私はぽかんとするばかりだった。

特に、本人の口から、私が千明さんのほうに行くなんて微塵《みじん》も思っていない、なんて言われた身としては、疑問符しかない。

「え、榎並部長とか……」

「あんなの、女で若けりゃだれでもいいんだって！」

「なに怒ってるんです？」

わけがわからず訴えた。先輩は、はっと口をつぐんで、同じくぽかんとしていた千明さんと私を交互に見ると、突然ぱっと耳まで赤くなった。

「……先輩？」

「俺、先に戻る……次の回の準備あるし」

怒ったように言い捨てて、さっと上着を取ると足早に店を出ていってしまう。呆然としてそれを見送りながら、千明さんがつぶやいた。

「小学生か」

「調子に乗りすぎましたかね、私……」

「いや、それは関係ないよ。あいつが幼すぎるだけ」

「幼すぎる？」

「気をつけなよ、あいつたぶん、真面目につきあおうとしたらそこそこめんどくさいよー」

はあ、ととりあえずうなずく。千明さんは脚を組み、新しい煙草を取り出した。

「『俺と千明と、どっちが大事なんだよ!』とか本気で言い出すタイプだ」

「やきもち焼きは歓迎ですけど……」

「ちょっと違うかな。あれは湯田ちゃんが自分を好きだってことを信じて疑わないが
ゆえに、微妙な扱いをされると我慢できないんだよ」

「……それは……めんどくさいですね……」

心からそう思った。

「ちなみに俺はそんなこと言わない」

火をつけながら、千明さんがにやっとする。そんな表情の彼は、なんというか、す
ごく男の人に見える。私を見て愉快そうに笑った。

「湯田ちゃんも、そんなふうに恥ずかしがるんだな」

「やめていただいていいですか」

「真っ赤だよ、かわいいな」

コウ先輩がいなくなったことで、千明さんはちょっとギアチェンジをしたようだ。

あの、こういうの困ります。

顔を覆って視線から逃げようとする私を、千明さんは煙草を吸いきるまで楽しそう

にからかっていた。

「近年、CSVという概念が提唱されています。慈善活動に近いCSRと異なり、企業はあくまで本業において、社会の課題を解決すべきという考えです」

あ、ここからの流れ、と部屋の隅で聞いていて顔がほころんだ。

先輩のプレゼンの中で、私の大好きなパートだ。

「じつは我が社は、この考えそのままの活動を三十年も前から実施しています。僕がこの会社を受けようと思ったのも、その活動がきっかけでした」

かろうじて〝僕〟レベルの言葉づかいの崩れで済み、一緒に聞いていた六川さんが、「まあいいだろう」とうなずいた。嶋さんも頼もしげに先輩を見守っている。

「なんだろうね、最近、一皮むけた気がする。まあ、もともと能力は高いなと思ってたけど」

「男が一人前になれるのは、結局、ママと離れたときなのかもしれないですよ」

六川さんの発言を、私は彼らしい不謹慎ぎりぎりの軽口と受け取ったのだけれど、聞いていたメンバーたちは一様に、ぐさっときたような反応をした。

「まだだ」「もう大丈夫だ」と口々に申告し、最終的に六川さんと岩瀬室長以外は半人前という結果になり、みんな黙ってしまう。

「そんなに暗くならなくても」

「湯田にはわからんだろうが、男ってのは本当にマザコンなんだ。特に大人になってから、それが本格化するんだ」

「はあ……」

「結婚すると逆に目覚めるよな。嫁のメシ食って、これじゃない！みたいな」

「わかる、家の内外の仕切りとか、うわこれ任せられない、母さんが懐かしいって」

わかるー、と盛り上がる自称乳離れできていない男性たちは置いておいて、私は先輩のプレゼンに耳を澄ますことにした。

いいですね先輩、素敵な人たちに囲まれて。みんなが先輩の成長を敏感に察知して、評価してくれています。

私の成長は、先輩に見守ってほしいです。ちょっとした芽を見つけて褒めてくれる、そんな先輩でこれからもいてほしいです。

「長年勤めてきた方にはわかりづらいかもしれません。ですがこの会社は、客観的に見て、すばらしいポリシーを持っています。僕はまだ社歴が浅いので、それを正しく感じ取ることができます」

先輩の声の素直な響きに、聴衆が頬を緩める。この回は先輩の担当のうちでも、最高の出来かもしれない。

「仕事をしていて、本当にこれは正しいのか？　今やるべきなのか？　そういう疑問にぶつかったとき、立ち返ってほしい先がこのタグラインです」

だれもがぶれずに、すべきことをできるように。自分のしていることを、間違っていないと信じられるように。ブランドというのは、そういう個人の姿勢や想いの積み重ねなのだ。広告や広報活動である程度は偽装できても、〝イメージ〟はどこまでいってもイメージでしかない。

信頼してもらうには、私たちが、信頼されるに値する従業員になるしかないのだ。

ＩＭＣが説くのは、そんなあたり前のこと。

その〝あたり前〟が、大きくて古い企業には本当に難しい。

私はそれを、この二年で思い知った。

「２－４制度というのを知っている？」

嶋さんの問いに、私は記憶を探った。

「研修で説明を受けたような……」

ツー・フォー制度と読み、入社して四年目までは、その部署での勤務が二年未満であれば、本人の希望で異動できるという制度だ。あまりに希望と違う部署に配属された新人が、いきなり辞めてしまったりしないようにと設けられたものだったはず。

「ですよね」と隣のコウ先輩に確認すると、首肯《しゅこう》が返ってくる。それがどうしたのだろう、と私は嶋さんを見た。

セミナーの日程も終了し、関係者がほっとひと息ついているある日、嶋さんから『ちょっと話がある』とふたりして会議室に呼び出されたのだ。

「この制度はね、本人から人事に直接希望を出すことができ、また人事から本人の上長に通達があった場合、上長はほぼ反対できないって特徴も持ってるんだ」

「部署自体に問題があることを想定しての制度ですもんね」

上司が横暴だとか、職場が新人を無視するとか、そういう場合の救済措置なのだから、そうなるはずだ。で、なんだろう？

私と先輩は話の流れが見えず、首をひねった。ちなみに嶋さんは、私の人事的な直属の上司にあたる。成績の一次評価者も彼だ。

「教育係ということで山本にも聞いてもらってるけれど、基本的には湯田さん自身の考えで決めてほしい」

「はい。なにをでしょう」

「この制度を利用して、湯田さんを企画部門に行かせてはどうかという打診が人事部からあった」

思わず先輩と目を見合わせた。

榎並部長だ！

先輩が「あの」と会議机に身を乗り出す。

「受け入れ先は具体的に決まってるんですか」

「ポートフォリオチームに話をつけた、とある。先行開発企画だね、重要な部署だ」

「二年目の湯田を動かすには、2－4制度を隠れ蓑《みの》にするのがいいってことですね」

「そのとおり。三年未満で動くのは非常に稀だからね」

「私はそんな希望、出してないです、ほんとに」

「わかってるよ。人事もそれは明らかにして打診してきているし、僕や岩瀬さんもそこを承知の上で、湯田さんと話すことにしたんだ」

それは……。つまり、私が企画に行くというのも〝あり〟だと、嶋さんと室長は考えたということだ。

「湯田さんをいらないと言っているのではないよ、間違わないでね」

頭の中を読まれた。嶋さんは静かな声で説明してくれる。

「異動は裏から見れば、人気者の取りあいだったり不用品のたらい回しだったりする。でも僕が上司として一番重要視するのは、やはり本人のキャリアだ」

嶋さんがこんなふうに、自分を上司と呼ぶのは珍しい。事実はそうであっても、ただ階級的にその資格があるだけ、という感じに控え目で、あまりそういう立場をふりかざさない人だからだ。

「本音を言えば湯田さんには、あと一年はここで一緒にやってほしい。でも一年後に、いい異動をさせてあげられるかは、申し訳ないが、わからない」

はい、一連の異動騒ぎで、私もなんとなく知りました。こういう会社では、人ひとりを意図的に動かそうとすると、その意図を隠すために無数の動きが発生する。パズルのように全体がじわりと組み替えられ、本人の意思が反映される余地なんてほぼない。

そしてＩＭＣ室という特殊な部署で三年勤めたという経歴が、私の場合、足枷になる可能性がある。嶋さんが示唆《しさ》しているのはそういうことだ。染まりきらないうちに出たほうが受け手も見つかりやすい、ということ。

「決定事項として伝えようかとも思った。でもそれだと湯田さんはおそらく納得してしまうだろう。だから悩んでもらうことにしたんだ」

「いやと言う権利は、あるわけですね……」

「ある。言えば来年度もIMC室のメンバーだ。こういう選択肢が与えられるのは、稀有《けう》な事例だと思うよ」

嶋さんは、どちらがいいと思いますか。

そんな無意味な質問、できなかった。断言できないから、こうして私に投げたのだ。どちらもありだと思うから、私の判断で決めさせてくれようとしているのだ。

──先輩は？

コウ先輩はなにも言わなかった。じっと無言で、私と嶋さんを見ていた。

アドバイスをくれる気がないのがわかった。私が自分で決めなきゃならないなにかに直面したとき、先輩はこういう態度をとる。

──俺がなにか言ったら、俺の意見に沿うか背くかで悩んじまうだろ、お前の考えることが増えるだけだから、俺はなにも言わない。

その代わり、決めたことには全力で力を貸してくれる。

私の隣には、そんな先輩がずっといたのだ。

「考えます」

「うん、返事は今週中くらいで」

「はい」

嶋さんが部屋を出ていったあとも、先輩は黙ったままだった。

純粋に、『どう思いますか？』と聞きたかった。けれど答えてくれないことがわかっていたので、やめた。

先輩はこうと決めたら、絶対に考えを曲げない。おそらくこの件に関しては、ひと言も助言をくれないだろう。

お前が考えて決めろ。先輩の目はそう言っていた。動揺とか同情なんて、これっぽっちもない。こと仕事に関しては厳しいのだ、先輩は。

そこが好きなのだけれども。

さて、私は考えなくてはならない。

三月の冒険

「あああ！」

私の悲鳴に、「どうした」と先輩が顔を上げた。

みんなが帰ったあとのＩＭＣ室で、セミナーのアンケート集計を、のちに活用しやすい形にまとめていたところだった。

「こんなものがバッグの中に……」

「……バレンタインてけっこう前に過ぎたぜ」

「寝かせたぶん、味わいに深みがですね」

「完全に表面が白くなってる」

開封したところ、半月も持ち歩いた当然の結果で、チョコレートはすっかり劣化しており、私はうなだれた。スタイリッシュなものを選んだのが災いして、バッグの底にぴたりとフィットし、視野から消え去っていたのだ。

「先月、慌ただしかったので」

「そうだよな」

「セミナーもありましたし、立て続けにあの、人事部からのお話とか」

「この白いの、名前なんだっけ」

「……シュガーブルームです」

「それだ」

華奢《きゃしゃ》なプレート状のチョコをぱくっとくわえた瞬間、先輩が、「ん」と唸るような声を発したので、ぎくっとした。

「そんなにものすごい味になってますか」

「いや、これ、俺宛て? 食ってよかったの?」

つくづく流れで生きている人だなあ。

「先輩宛てですよ、もちろん」

「サンキュー、今年はくれないのかと思ってた」

「まさか、私のシミュレーションでは、これを渡して『返事は来月でいいので』と走り去るつもりだったんです」

「そこまで考えといて忘れるなよ」

ですよね……。

自慢じゃないが私は基本的に物事を忘れることがない。だから忘れ慣れていなかったのだと言い訳させてほしい。予定したことは遂行しているとばかり思っていた。

「うまいよ、お前も食えば」

「あ、いただきます」

長時間頭を使ったおかげで、甘いものがうれしい。一枚もらうと、表面こそ糖分が浮いているものの、たしかにおいしかった。

先輩がＰＣのキーを叩く振動が、ドッキングさせた私のデスクにも伝わってくる。

チョコレートの板の割れる軽やかな音と一緒に、先輩のつぶやきが聞こえた。

「返事かあ」

そちらを見ると、目が合った。私をじっと眺め、先輩がわずかに首をかしげる。

「欲しい？」

……ええと。チョコの話では、ないですよね。

――返事、欲しい？

くれるんですか？　どんな返事を？

先輩の瞳は妙に静かで、なにを考えているのかわからない。どうして突然そんなことを言い出したのか。

私のシミュレーションなんて、ただのネタだ。そのくらいわかっているくせに。

「……いいお返事なら、欲しいです」

ふっと先輩は噴き出した。「そりゃそうだよな」と言いながら帰り支度をする。

「お先。お前も遅くなりすぎるなよ」

「はい、お疲れさまです」

「これサンキューな」

残ったチョコを軽く掲げて微笑み、先輩は部屋を出ていった。スーツ姿の人が、ビジネスバッグ片手にチョコをかじって歩いているというのも、見慣れない光景だ。ガラス越しに見えなくなる直前、先輩は振り返って手を振ってくれた。正確に言うとチョコを振っていた。

ひとりきりになり、知らず知らずため息が漏れる。

〝返事〟。あれほど好き好き言っておいて、それについて考えたこともなかったことに気づいた。だって、もらえるものじゃないと思っていたから。

先輩だって、考えてもいなかったんじゃないんですか。

――違うの？

「おおい湯田、ちょっと教えてくれ」

「はい」

六川さんの手招きに応じて、彼のデスクに行った。ＰＣに表示されているのは、ちょっと凝った関数を使った集計用の表だ。

「ちんぷんかんぷんなんだが」

「順に追っていけば簡単ですよ。一度別の表を噛ませてるので、難解に見えますが」

「これからの世代は、あたり前にこういうスキルを身につけて社会に出てくんのか、怖いな」

「大げさですねえ」

まあたしかに、四十代後半以上の世代は、会社にＰＣがない時代から働いているわけで、中学生のころから表計算ソフトを使ってきた我々の世代は、その点では恵まれているんだろう。

「この表はですね、入力すれば自動的に今後数年間のデータを月ごと、期ごとに比較できるようにつくってまして」

「わかるよ。湯田の抜ける穴のでかさを、改めて思い知らされてるところだ」

一瞬、手が止まってしまった。

六川さんがにやりと笑い、私越しに視線を投げる。振り向いたら、いつの間にかこちらを見ていたコウ先輩と目が合った。

デスクに頬杖をついていた先輩は、ちょっと考えるような間を置いて口を開く。

「今ごろですか、六川さん」

妙に偉そうなその口調は、みんなを笑わせた。


「待て待て、なんだって」

「どう噛み砕いて説明するかがキモで」

「その前だ」

「『オーナビリティを数値化する方法を報告します』?」

「それ。こんな早くできる話じゃなかったろ、どういうことだ?」

世界のビールを集めたダイナーで、先輩がエールの瓶を掲げる。すぐに寄ってきた店員さんに、「なにかほかのください」と大胆なオーダーをして、私に顔を戻した。

「当初はデータの精度を最重要視して、複雑なことを計画していたんですが、だんだん、それは違うのかなと思いはじめ」

「どんなふうに?」

「聞き手が納得できないなら、データだけあっても仕方ないなと。であれば最初から、だれにでも理解できる範囲で分析をすればいいのじゃないかと」

「それじゃ底が浅くて、深掘りしようとしたらできなかったってことにならないか」

「そうならないように設計したんです、苦心して」

コーディネーターさんとさんざん知恵を絞ってたどり着いた方法を説明する。先輩は耳を澄まし、要所で鋭い質問をし、やがて食事の手を止めて考え込んでしまった。

口元に手をあてている。こういう仕草をしているときの先輩は、頭の中が高速で回転しているので、話しかけても返事はないことを私は知っている。

「おもしろいな。これ、いつ報告聞ける？」

「それが……来月なんです」

残念な思いでそう伝えると、先輩の顔も曇った。私のあと、この業務を引き継ぐだれかが、その報告をする役割を担うだろう。

先輩は「そっか」と運ばれてきたグラスに向かってつぶやく。

「お前のやってたことが、予想外に多い上に多彩だから、驚いてるよ、正直」

「みなさんがいろんな仕事を振ってくださったおかげです」

「向こうの部署とはもう話した？」

「はい、上長になる方が一度、面談を設けてくれまして。あ、それがですね」

うふふ、と含み笑いをする私を、先輩が怪訝そうに見た。

「その方、先輩のプレゼンを聞いて、すっかりＩＭＣ室のファンになったんですって。正直、それまで得体の知れない部署としか思ってなかったって」

「ほんとかよ」

「ほんとですって」

それを聞いたときの興奮を伝えたくて、じたばたしてしまう。やっぱり先輩には人を魅了する力がある。前向きでフレッシュで、なにより本人がいつでも楽しそうで。

先輩は照れて、「ほんとならうれしいけど」と控えめに笑った。

「なら俺、ちょっとは貢献できたのかな。お前とやってた役員回りの仕事、途中で抜けちまったの、すごく悔いが残ってて」

「あれだって、先輩が軌道に乗せてくれたからそのあともうまくいったんですよ。嶋さんたちもそう言ってましたよ」

やっぱり悔しかったのだ。あまりくよくよしたことを言わない先輩が、わざわざ口に出すくらいだから、よほどの悔いなんだろう。

頬杖をついて、先輩がぽつんと言う。

「考えたら、あれが湯田とがっつり組んだ最後になっちまったな」

そういえばそうだ。先輩が急な休みに入ったことで体制を変え、それをもとに戻す余裕のないまま期末の繁忙期に突入してしまったから。

「……ですね」

「ところでお前の送別会で渡すプレゼントを俺が選ぶことになった。リクエストがあれば聞く。三秒以内な」

「三秒！」

「三」

「待って待って、考えますから、ええと」

「二」

「手帳、はもう買ったので、服……は違うし、あとなんだろ」

「一、ゼロ」

あっけなく終わりが告げられる。

「というわけで俺が独断で選ぶからな」

「聞く気ありました、今？」

ふてくされる私を、先輩が優しく微笑んで見返す。

そんな顔、やめてくださいよ。離れがたくなって、せっかくの決意が鈍ります。

「がんばれよ、ってまだIMCの仕事もあるけど」

「はい」ときっぱり答えるのに、少しだけ努力が必要だった。

はい、がんばります。そこでなにができるのか試してきます。自分の可能性を信じて、いただいたチャンスに飛び込みます。

先輩のいないところで。


「お疲れさま」

「あっ、お疲れさまです」

三月も半分を過ぎたある日、帰宅しようと会社を出たところで、うしろから声をかけられた。榎並部長だった。

足を止めて待つ私に、にこりと目を細めて追いついてくる。

「バタバタしているんじゃないかい」

「そうですね、今日は久々に余裕ができたので、ぶらぶらしながら帰ろうかなと」

「よかったら、少しどう？」

すぐそこにあるダイニングバーを指差す、その抜け目のなさに感心した。

個人的にはこの部長さんに興味があるのだけれど、ふたりで飲んだなんて知られたら先輩に怒られそうなのが気になる。

だけど、油断しなければいいとも言える。そもそも先ほど、暇だと宣言してしまったようなもので、そんな手前、断る方法がない。

「では、ちょっとだけごちそうになります」

「ごちそうさせていただきます」

私の厚かましさを寛大に受け入れ、部長はダイニングバーのほうへ足を向けた。

結論から言うと、やっぱりこのとき私は行くべきじゃなかった。だけどそれは、榎並部長がどうこうという話ではない。

暇を持て余した神さまが、物事があえてこんがらかるように、いろいろな偶然を配置したんだろうなって、そんな話だ。


二時間足らずで私たちは店を出た。長すぎない滞在時間の中、良識的な会話で少しだけ距離を縮めたところで、再び駅へ向かう。

「湯田さんはあまり酔わないね」

「そんなに飲んでないだけですよ、飲んだら酔います」

「相当飲んでたと思うけど」

えっ、そうだろうか。

目を丸くした私に、榎並部長は「若いね」と愉快そうに笑った。

「いつも、こんなものですよ」

「よく飲みに行くの？」

「そうですね、仕事帰りにちょくちょく」

「あの気持ちのいい先輩くんとかな？」

「ですね」と認めると、「仲がいいね」と言われる。

私は控えめに、うなずくのと首をかしげるのの間くらいの仕草で返した。

「よく異動を決めたね」

「何事も挑戦かなと」

「前向きに捉えてもらえてうれしい。悩んだかい？」

「じつを言うと、あまり」

部長が片方の眉を上げてみせた。

「行って後悔する自分を想像できなかったので、これはもう行くんだろうと」

「行かなくても後悔しなかったかもしれないよ」

「だとしたら、なおのこと変化を選びます」

「いいね、若いうちはそうやって、冒険しないと」

「冒険というのは若くなくなって、失うものができてからすることを言うんじゃないでしょうか」

私の場合、冒険にもならない。だってリスクがない。

ふふっと笑う声がした。

「勇敢だと思うよ」

「ありがとうございます」

「だけどあの先輩くんから目を離さざるを得なくなるのは、リスクかもしれないね」

「それは……」

どうでしょう、と答えようとして、足が止まった。すぐ先に地下鉄の入り口が口を開けている。その前でもつれあう男女、というか絡まりつく女性と、それを立て直そうとしながらも許しているような男の人の姿がある。

「歩くのか歩かないのかはっきりしろよ」

「歩きたいけど歩けないの」

「タクシー使おうぜ」

「いや、吐いちゃう。しかもいくらかかると思ってるのよ、うち遠いんだから」

「知ってるけど、ほかに方法ないだろ。送ってやるから」

コウ先輩はタクシーをつかまえやすい道路の反対側に渡ろうと考えたのだろう。だけど中川嬢を引きずって横断歩道にたどり着く直前、私たちとぶつかりかけた。

「あっ、すみません」

どうぞ、と進行方向を譲ろうとして、こちらがだれだか気づいたらしい。私を見てぽかんとし、それから榎並部長に目をやり、物言いたげな視線を私に投げてくる。

私は妥当なリアクションが見つからず、中川嬢が胸に押しつけるように抱きしめている先輩の右腕を、じっと見ていた。

ぽんと肩を叩かれた。

「それじゃ、またね。今日はありがとう」

少しだけ長めに私の肩に手を置いてから、榎並部長は先輩にも微笑みかけて、地下鉄の階段を下りていく。見送っていた先輩が、私のほうに顔を戻した。

その眉間にしわが寄っているのを、見ないようにした。

「湯田、お前な……」

「ねえ、どうせタクシー乗るなら航の家に行こうよ」

「はあっ？」

中川嬢が危なっかしく揺れながら先輩にまとわりついた。会話を中断されながらも先輩は、彼女を振りほどくわけでもなければ突き放すわけでもない。

「なんで俺んちだよ」

「近いし」

「近いったって。だったらここらでホテル探そうぜ、もう」

一瞬、空気が凍った。中川嬢までもが目を丸くしている。先輩は「あ」とうろたえた声を出して、なぜか私に向かって弁解を始めた。

「違う、ビジネスホテルのことを言いたかったんだ、そして俺も入るってつもりはなくだな」

「わかってるわよ。それでいいから、行こ」

焦れた声で先輩の言葉を遮り、中川嬢は子供みたいに先輩の手を揺らす。

「待てって、俺、こいつと話が……」

裏通りのほうへ引っ張られていく先輩の、空いている腕を、気がついたらつかんでいた。正確に言うと、スーツの袖を握りしめていた。

「……湯田？」

先輩が不思議そうに振り返る。なにも言えずにいると、整った顔が困惑で曇った。

中川さんと目が合った。

はじめて遭遇したときと変わらないですね、私たち。先輩を挟んで、対峙《たいじ》して。

彼女には、私がとっさに取った行動の理由がわかっているだろう。もしかしたら当人である私よりも。

「……あの」

なによ、という顔をされる。その目つきから、言動ほど酔っていないことが感じられ、闘志が湧いてきた。

「歩いてすぐのところにきれいなビジネスホテルがあります。アメニティも充実しておりフロントの対応もよく女性ひとりでも安心です」

「そうなの」

「終電を逃したときに泊まったことがあるので間違いないです。だからどうぞそこをお使いいただき……」

がんばるぞ、千栄乃。正念場だ。

「先輩は、置いてってください」

先輩の腕をぎゅっと抱いた。向こう側の中川さんとちょうど同じように。女ふたりに片腕ずつ預けて、道行く人からは先輩はろくな男に見えていないに違いない。

「どうして？」

じつに敢然《かんぜん》と中川さんは尋ねた。

どうしてって……決まっているじゃないか、そんなの。ええと……。

ああ悔しい。どうせ言えっこないと見くびられていて、実際そのとおりだというこの忸怩《じくじ》たる思い。

言い返せない自分が腹立たしくて、先輩の腕を抱き直すうち、本当に偶然、私の指が先輩の手のひらに触れた。そしてつくづく、こういうところがこの人のどうしようもない点だと思うのだけれども、なにを考えたか先輩は、そのまま私の手を握った。

中川さんからは見えない身体の陰で、私と先輩は実質、手をつないでいた。

なんだこれ？

だけど乙女心はこんなときでも素直で、私は先輩の温かい手に、たしかに少しの勇気をもらったのだ。

「私の、先輩、だからです……」

意気込んだあまり、声が震えた。喉も詰まって、二回唾を飲み込んだ。

よく考えると、あたり前のことを言っただけの気もする。先輩は私のものです、とそんな感じのことを言いたかったのだ、間違えた。

頭の奥を戦意やら後悔やらが行ったり来たりする。中川さんは私としばしじっと目を合わせ、やがてするりと先輩の腕を解放した。

「酔い、さめちゃった。これなら電車乗れそう。じゃあね」

華奢な手をひらひらさせて、地下鉄のほうへと歩いていく。

「気をつけて帰れよ」

先輩のかけた声にくるんと振り返り、彼女は甘えるでも責めるでもない、無言の視線を投げてから、再び背中を向けて去っていった。

取り残された私は、まだ先輩の腕にしがみついていた。その先では手と手がつながったままだ。とても先輩のほうを見るなんてできず、従って彼がなにを考えているのか知りようもなかった。

「湯田」

「はい」

ぎくっとした。なにか決定的なことを言われる予感がしたからだ。

「まさかふたりで飲んでたのか」

「はい？」

見上げると、険しい目つきが待ち受けていた。数瞬のタイムラグののち、あっ榎並部長の話か、と思い至る。

え、今、そこに戻ります？

「そうですが、べつに……」

「隙見せんなって言ったろ、なにやってんだよ」

「だからべつに、隙なんて」

きつく捕らえられた手は、振りほどくこともできない。まさかこの話をするために、逃がさないよう手を握ったのか。

ずるい、これは……ずるい！

「お前、わかってるか。異動を承諾したことで、お前はあの部長にでかい借りをつくったんだぞ。俺はもう守ってやれないんだからな」

「ま、守っていただいた記憶はないですよ」

「そうかよ、なら勝手にしろ！」

なんだその言い草！

淡い期待を打ち砕かれた落胆と恥ずかしさで、私はすっかり混乱していた。同時に、わだかまっていたものがむくむくと頭をもたげる。

「先輩こそ隙だらけですよ。ずっと言いたかったんですけど、あんな、ただの同期に堂々と名前で呼ばせるとか」

「航って呼ぶ奴なんて、ほかにもいるよ」

「そうだとしてもいやなんですよ！」

ああ榎並部長、やっぱりリスクは存在していたのかもしれません。

だってさっそく心がすれ違っているのを感じる。離れた場所で生きる準備を、頭だけが先に始めてしまって、気持ちが置いていかれているような、そんな違和感がある。

手を取られたまま、なるべく距離を置こうとがんばる私を、先輩はさすがの力でその場に縛りつけていた。手のひらをさわられたらくじけてしまいそうで、私は温かな手の中で、ぎゅっと握り拳をつくる。

先輩が怪訝そうに眉をひそめた。

「酔ってんの？」

「そっちこそ」

「お前がなにを言いたいのかわからない」

「さっき言いましたよ！」

私の大声は先輩を驚かせたらしい。目を見開く彼を見て、泣きたくなった。

「さっきも言いましたし、ずっと言ってますよ……」

好きなんです。

私だけの先輩だって思いたいんです。それだけです。

ほんと、それだけ。

「そんなのも伝わってないなら、返事とか、軽く言わないでくださいよ……」

夜から雨になると天気予報で言っていた。その湿気が私たちの息を白くしている。

手を強く握られた。その力に押しつぶされるように、私の握り拳はほどけた。

それを先輩は降伏と受け取ったのかもしれない。ゆっくりと手が解放されて、身体の脇にぽとんと戻ってきた。

「軽くとか、決めつけるなよ」

「私が、そう感じたってことです」

「なあ、喧嘩したいわけじゃねえんだけど」

私もです。よりによってこんな、あと半月もＩＭＣ室にいられないような、大切に過ごしたい時期に。

ねえ先輩。なんだかもう、くたくたです。

「先輩、返事ください」

どうせ離れるなら、このもやもやともさよならしたい。

「悪いほうでもいいんで」

くださいい、と私はねだった。だけど返事は予想外のものだった。

「いやだ」

えっ。……欲しいかって振ったの、ご自分じゃありませんでした？

先輩は申し訳なさそうにするでもなく、きっぱり言う。

「少なくとも今はいやだ」

「いつならいいんです？」

「当分いやだ」

なんだそれ。

「あのですねえ……」

「お前の異動がさみしいだけだろとか、罪の意識を引きずってるんだろとか、俺だっていろいろ自問自答して大変なんだ」

「……はあ」

先輩があまりに堂々として、胸を張りかねない勢いだったので、そうですか、とこちらものみ込む以外ない。

「今返事したところで、お前だって同じところが気になるんじゃないかって気がついた。そういうのがクリアになるまでは、言いたくない」

「あのう、ちょっといいですか」

口を挟むと、突っ込まれるのを察してか、先輩がポケットに手を入れて、緊張した顔つきになる。そんなに警戒しなくてもいいのに。

「それはつまり、少しは、ええと、期待していていいというふうに聞こえるんですが、その点については」

先輩は、なんだかすごく耳慣れないことを聞かされたみたいに息をのむと、目を丸くして、突然腹立たしげな声をあげた。

「ねーよって話なら、わざわざこんなに悩むかよ！」

怒声に圧《お》されて、私はぽかんとする。

「それなら前と変わらないって言って終わりだよ。そうじゃねえからあれこれ考えてんのに、なんだよお前！」

「す、すみません」

「人のこと軽いとか隙だらけとか、俺ならなにを言われても気にしないとでも思ってんのか」

「すみません」

「自分ばっかりだと思うな、俺だって上下したりぐるぐるしたりしてるんだ。お前と同じだ！」

すみません、本当に。

怒り心頭状態の先輩は、じろっと私をひとにらみして、「帰る」と言い残すと踵《きびす》を返して地下鉄の入り口に消えてしまった。

呆然としてそれを見送った。

往来を歩く人々がひとり消え、ふたり消えたあとも、私はひとり歩道に突っ立って、こみ上げる感情をどうしたものか、困っていた。

先輩、好きですよ。

ほんとにほんとに、先輩ほど愛しい人、ほかにいないのです。

卒業

「ええと、私はですね、無能ではないだろうと思っていたのですが、かといって自分になにができるかはわかりませんでした」

みんな酔っぱらって聞いていないかと思ったのに、私が話しはじめたら全員がグラスを置いてこちらに注目した。内心で慌てた。

「できることとできないことを教えてくださったのはみなさんでした。自分の過信を思い知ることもあれば、さいわいなことに逆もありました」

私のために開かれたＩＭＣ室の送別会。小ぎれいな座敷席の、出入り口の近くにいる先輩と目が合う。励ますようにうなずいてくれたため、自分はそんなにあせって見えるのかとますます慌てた。

「仕事人としての湯田はＩＭＣ室でつくっていただきました。これが案外通用するのだということを、実証してきたいと思います」

六川さんが「強気だなあ、湯田」と野次を入れた。

ええっ、なにもかもみなさんのおかげだと言っているのに、なぜ強気。ええと、と汗ばむ手をこすりあわせて、早くまとめようと腐心した。

「というわけでまずはみなさまにお礼を。それから、今後も至高の集団でいてください。私は実働部門からお手伝いします。これまで本当にありがとうございました」

深々と頭を下げると、予想を遥かに超えた盛大な拍手をもらった。

嶋さんからかわいらしい花束を、先輩からノートサイズの包みを渡され、こういう場に慣れていない私はひたすら頭を下げることしかできない。

席に戻り、もらった包みをさっそく開けた。

「ブックカバーです、文庫と新書用！」

選んでくれた先輩が近くまでやってきて、にこにこしながら見守る。

「お前、本読むもんな」

「読みます読みます。わあうれしいです、しかもかわいい。さすが先輩、センスいい」

嫌みのない柔らかな革素材で、文庫本サイズのほうは元気な赤、新書サイズのほうは知的な白だ。表紙側に葉っぱの形をした小さなシルバーのプレートが留めつけられていて、プレートにはCの字が刻印されていた。

「Cってこのメーカーのロゴですか？」

「違う、お前のイニシャル」

「よくありましたね。イニシャルシリーズで、けっこう忘れ去られがちなアルファベットなんですけど」

驚いたらなぜか、先輩がもぞもぞと居心地悪そうにする。見たがるみんなのためにカバーを回覧に出し、私は先輩の不思議な反応に首をひねった。

「……つけてもらったんだ、それ」

「セミオーダー的な？」

「いや、友達に趣味で革細工やってる奴がいて、そいつに頼んだの。カバーを買ったはいいけど、なんかさみしいなと思って」

言葉をなくした私に、先輩はますますそわそわしはじめる。

「個人的なプレゼントでもないのに、やりすぎかなとも思ったけど、あったほうがお前っぽい気がして。聞かれなければ言わないつもりだった」

恥ずかしそうに背中を丸めて、窺《うかが》うように私を見る。ああもう、人目さえなければ飛びついていますよ、先輩。

「やりすぎなんて、全然」

「ほんとに？　気に入った？」

「気に入ったなんてもんじゃないです。私、すり切れるまで使い倒します」

「革がすり切れるって相当だぞ」

私の勢いに圧されたように、それでもうれしさを滲ませながら、先輩は控えめに笑った。そのうしろ頭をぽこんと殴った人がいた。六川さんと嶋さんが、ジョッキ片手に距離を詰めてきたところだった。

「湯田がいなくなると、山本がふぬけになるんじゃないかって心配してたとこだよ」

「なりませんよ……たぶん」

自信なさそうに先輩が反論する。

「組織がまとまるためには、共通の敵か、かわいい末っ子がいるのが一番、てね」

「私の採用理由って、それですか？」

「新人を入れたいと思ったのは、それが理由だよ」

嶋さんがにこりとする。

「みんなバラバラの部署から集められて、大きな目標とすさまじいスピード感を課されて、どうやってまとめようか悩んだんだよ」

「共通の敵案は？」

「岩瀬さんをと思ったけど、カリスマすぎてダメだった」

私はあははと笑った。そういえば担任の先生が怖いクラスは、生徒の結束が固かったなあなんて思い出しながら。

「頭の柔らかそうな子を、と人事に希望を出して、もらえたのが湯田さんだった。今思えば、本当にラッキーだった」

「のみ込みのいい末っ子に追われて、俺たちも必死に走ったんだよ。特にこいつな」

六川さんがコウ先輩の肩を叩く。

先輩は当時を思い出しているのか、うつむいて苦笑した。


「すっかり納会の体ですね」

「月末、期末、年度末、週末が重なってるからなあ」

先輩が、ひとつひとつデスクを確認しながらＩＭＣ室内を歩く。壁際にあるひとつの上に身を乗り出して覗き込み、「あった」と壁との隙間に手を突っ込んだ。

「あぶねー、始末書かと思った」

「免れましたね」

その手にあるのは、社用のＵＳＢメモリだ。

送別会が終わって、さて二次会に向かうかというとき、ＰＣケースの中にＵＳＢがないことに気づいた先輩が、探しに戻ると言うのでなんとなくくっついてきたのだ。

この部屋に、IMC室メンバーとして入るのも今日が最後だから。

中身を確認するんだろう、先輩が腰を下ろしてPCを起動する。そのとき、お互いの携帯が同時に鳴った。一次会終了後に合流した千明さんが、二次会の場所を知らせてきたのだ。

「どこだって?」

「えーと、三丁目のほうですね」

「ずいぶん遠くまで流れたな」

「金曜日にあの人数ですから、確実なところに連れてったんじゃないですか。千明さんそういう情報持ってますから」

社内に残っている人も少ないのか、ビルがひんやり静まり返っている気がする。USBメモリの中身が無事でほっとしている先輩を見ていたら、なにかこみ上げた。

「なんだよ」

「え」

「すげえ深いため息ついてたぞ、今」

本当か、気づかなかった。

「感慨深いなあと、配属当時を思い出してました」

「初日から、動じない新人だったよなあ」

「緊張でガチガチでしたよ」

「ほんとに？　じゃあ俺のほうが緊張してて、気づかなかったんだな」

先輩はPCを開いたついでにメールチェックをするという、帰れないパターンに踏み込みつつある。まあ宴会は二次会でも終わらないだろうし、黙って抜けてきたわけでもないし、少しここでゆっくりしていってもいいだろう。

人のいない場所は自動的に電灯が消える仕組みのため、部屋は私たちの上だけが明るく、窓辺は暗い。妙に穏やかな時間が流れていた。

「緊張してたんですか？」

「してたよ。お前は知らないだろうけど、お前が来るまでの一カ月って、俺たちそこそこピリピリしててさ、とにかく大変な任務だぞって」

「でしょうねえ」

「俺は最年少だってことで気楽に構えてたら、いきなり新人の受け入れしろって言われて、え、俺一番若手じゃねえの、みたいな。だまされたと思った」

正直に打ち明ける先輩に、そんないきさつがあったのかと笑った。先輩だって右も左もわからない状態なのに、会ったこともない人間を後輩に持てと言われて、それは肩に力も入っただろう。

ふと先輩がモニタから顔を上げ、こちらを見た。

「嶋さんも言ってたけど、お前は最初、新人だってことしか期待されてなかった。でもすぐに俺たち全員、お前でよかったって思ったんだぜ」

勉強熱心で好奇心旺盛。言いたいことは言い、間違いを認める強さも持っている。

先輩が挙げた私の特徴は美化されていて、居心地が悪くなるものばかりだった。

「改革しろって言われても、俺たちは結局、旧態側の人間だ。お前が来て、新風ってこういうものだと思い知らされたんだよ」

「怖いもの知らずの新人が、そう見えただけで」

「お前はもう全然、新人じゃないよ。ＩＭＣ室の重要なメンバーだ。お前の言う、至高の集団のひとりだよ。お前はどこか一歩引いてたけど」

だって。だってこんなすごい人たちに囲まれて、私は選ばれたわけでも推薦されたわけでも、経験が評価されたわけでもなくて。なにか奇跡が起こって、みんなの手伝いをできる立場に来ることができたんだって、そう思うようにしていた。

先輩がキーを打つ手を止めて、にこっと笑った。

「お前のそういう意識を、次の一年で変えてやりたいと思ってた」

唐突に視界が緩んだ。

私自身、まったく意識していなかった私の明日を、そんなふうに考えてくれていた人がいる。私よりも私のことで、頭を悩ませてくれていた人がいる。

「泣くな、異動くらいで」

「泣いてませんよ、まだ」

先輩はふと思いついたように、手を伸ばしてキャビネットからコピー用紙を一枚取り、閉じたPCの上でなにか書きはじめた。

「なんですか？」

「卒業証書。えーと、湯田千栄乃。右の者は、うーん」

賞状っぽく、横向きに置いた紙に縦書きで、大きな文字を書いていく。少し書いてはもっともらしい言い回しを探してか、ペンを止めて考え込む。その姿を見ているだけで涙がこぼれそうだったので、私は窓の外に目をやった。

「右の者は、入社早々おかしな部署に配属されたにもかかわらず、くじけることなく、持ち前の向上心と好奇心を発揮し……」

まずい、泣く。

「ＩＭＣ室に新鮮な風と軽やかな勢いをもたらし、二年間、だれにも代わることのできない役割を立派に果たしたことを、ここに証します」

ねえ、泣くよこれは、先輩。

「IMC室代表、山本航、と。はい、卒業おめでとう」

最後に律儀に日付を読み上げると、先輩は紙をさっとふたつに折り、私のバッグに突っ込んだ。それから手早くPCを片づけて立ち上がる。

私の涙腺《るいせん》は努力もむなしく決壊していた。先輩が、ちょっと困った顔をする。

「先行ってるぞ」

それから優しくそう言うと、私の頭を軽く叩いた。

袖口から、かすかに煙草の匂いがした。


ひとりになった部屋で、ふうと熱い息をついた。

最後の最後まで、先輩には甘えたなあ。これが本当の、最後なんだなあ。

決まった席を持たないフリーアドレス制も、次に行く部署にはない。気ままにデスクをくっつけて先輩と作業することも、もうない。

朝出社してくると、私が部屋のどこに陣取っていようと、先輩は私に一番近い席を選んで座った。毎日あたり前のように示されていた、そんな親愛の印を感じることも、もうない。そんな未来は、ひたすら私をさみしくさせた。

ダメだ。きりがない。とにかくメイクを直して先輩を追いかけようとバッグを探り、さっき書いてくれた卒業証書を見つけた。

とたん、ふにゃりとまた、めそめそした自分に戻ってしまう。

どうして先輩って、ああなんだろう。どうしてあんなに、私のうれしいことを心得てるんだろう。

ふたつに折られた紙をなんとなく開いた次の瞬間、私は部屋を飛び出した。

「先輩！」

エレベーターのランプは動いていない。だとすれば階段を使ったに違いないと判断し、猛然と廊下を駆けた。

二階半ぶんほど下りたところに先輩はいた。私の声が聞こえていたんだろう、ポケットに手を入れて、踊り場の壁に寄りかかってこちらを見上げている。

その顔は不機嫌そうにしかめられていた。

「早えーよ」

「だって……」

先輩が、私の握りしめている紙に視線を落とし、しかめ面をますますひどくする。

それでも私が同じ高さに下りるまで、逃げずにそこにいてくれた。

ただし相変わらず手はポケットの中で、仏頂面。目だけは私を追うくせに、なにも言ってくれない。仕方なく、私のほうから口を開いた。

「……これ、ほんとですか」

汗を吸ってしんなりした紙を見せる。

「疑うなら、返せ」

ひったくろうとする手をかわし、背中に隠した。自分で書いたくせに往生際が悪い。

「ほんとですね？」

「嘘なんか書くかよ」

「当分いやだ、はどうなったんです」

当然の疑問だ。

先輩はすっかりふてくされたように、壁に頭を預けて苦々しい声を出す。

「気が変わった」

「なんでまた？」

「知らねえよ、魔が差したんだろ」

「そんな言いかたがありますか」

「うるっせえなあ、もー……」

言葉とは裏腹にそのつぶやきは弱々しく、先輩は詰め寄る私から逃げるように、ますます壁と仲よくなってしまう。

いい加減にしてください、とシャツの襟をつかんでこっちを向かせると、むくれた顔はかすかに赤く染まっていた。明後日の方角に目をやって、暑くもないのに額の汗を拭うような仕草をする。

「あーもう恥ずかしい、書かなきゃよかった。こういうのって、こんなエネルギー使うもんなの？　みんなすげえな」

「そうですよ、先輩はこれまで、甘やかされてたんですよ」

「俺が悪いわけじゃねーもん」

「まだ言いますか」

なんて仕方のない人だ。

「ね、読み上げてくださいい、これ」

「やだよ」

「先輩がそうやってる限り、話が進まないんですけど」

私は先輩の前で紙を揺らし、しつこく尋ねた。

「これ、本心ですね？」

「本心だよ」

「ほんとですか？　よく考えました？」

「考えたよ、ここんとこ、脳ミソ沸くんじゃねえかってくらい、そのことばっかり考えてた」

こういうことを聞くと先輩って、よくよく真面目なんだなと思う。こなれた外見からは想像もつかないくらい、真摯で誠実な内面を持っている。

そこがたぶん、最高にすてきなポイント。

「念のため確認したいんだけど、ほんとに俺のこと好き？」

「そこからですか、ほんとに好きですよ」

だいぶ根底に立ち返って悩んでいたらしい。先輩は生真面目に言葉を継いだ。

「俺、考え足りなくて、お前に不快な思いいっぱいさせるよ。今までもさんざんさせてたと思うけど……」

「いいですよ、我慢ならなくなったら言いますから」

「今さらなんだけど、考え出したら、お前が俺のどのあたりを好きなのか、さっぱりわかんねえって話で」

女子か、と言いたくなったけれど、どうやら本気で懊悩《おうのう》しているようなので、黙って先を聞くことにした。先輩はもじもじと落ち着かない。

「たぶん買い被られてるんだろうなとか、だとしたらいつかそれも終わるなとか、そういうつまんないこと、いっぱい考えてた」

「はあ……」

「くだらないと思ってるんだろ、でも俺はそういう奴なの。お前だってそのくらい、もうわかってるだろ？　それでもいいんだろ？」

「もちろんです」

「そう思ったら、あれっ、次は俺の番じゃんって」

「だいぶ前から先輩の番だったんですけどね」

「そうなんだけど……」

壁に貼りつくようにしながら、先輩がうつむいた。

「俺、やっとそれに気がついて、そこからいろいろ、すげえ考えて、俺なりの結論、出したんだよ」

「どうしてそれを、教えてくれる気になったんですか」

「わかんねーよ、衝動的に書いてた……」

「私はわかりますよ」

「そうなの？　なんで？」

素直に首をかしげる先輩を、食べてしまいたいと思いながら、偉そうに断言する。

「好きっていう気持ちは、たまに爆発的に発生してあふれるんです」

一年前の私がそうだった。

あのときはたまたま口から漏れたけれど、別の漏れかたをする例もあるに違いない。

たとえば行動とか、視線とか。

先輩は目をうろうろさせて「あー……」とはにかんだような曖昧《あいまい》な笑みを浮かべた。

「わかるかも」

「でしょう」

「今もけっこう、そんな状態」

「え」

鞄を床に置いて、先輩が私の手を取り引き寄せる。

踊り場の白い照明の下で、私の髪から頬へとゆっくり両手をすべらせ、「あのさあ……」と妙に気弱に問いかけてきた。

「俺、あのとき、キスした？」

「そりゃもう」

「うわ……」

がっくりうなだれ、ごつんとおでことおでこをぶつけてくる。頭のうしろに先輩の両手が回り、そこで組みあわされたのを感じた。

「おぼえてませんか」

「ん……」

「ひと晩中、ひっきりなしでしたよ」

犬が甘えるときみたいに、おでこというか、鼻のつけねあたり同士をぐいぐいと押しつけられる。いたた。

「私はよくおぼえてますよ」

「忘れたふりしろよ」

「なんでまた」

「俺だけはじめてみたいで、癪じゃん」

ふてくされた声と一緒に、一瞬のキスが来た。ぺたっとくっつけるだけの、じゃれるようなキス。言葉のとおりの不満そうな目つきに笑いそうになる。

もう一度、今度はもう少ししっかり唇が重なった。だけどどうにも落ち着きなく、何度か噛んだかと思うとすぐあちこちにキスが移る。

こらえきれず笑ってしまった。私は知っている、これは先輩のくせだ。

そうか、酩酊《めいてい》状態だったからじゃなく、いつもこうなんだ。

「なにがおかしいんだよ」

「先輩の心臓、すごいドキドキいってます」

「この状況なら、いうだろ、普通」

「私は前回、いい尽くしましたんで」

前ボタンを開けた先輩のスーツの下、薄いニットの胸に手を置くと、びっくりするほど速い鼓動が伝わってくる。これは本当に私より緊張しているかもしれない。

「それ、俺じゃなかったんじゃねえかな?」

「そういえば最中に先輩を録っていたんですよ、動画見ます?」

「なに考えてんだ、変態!」

本気であせる先輩を「嘘ですよ」となだめた。さすがの私も、そんな余裕はなかった。今思えば、録っておいてもよかった気はするけれど。

先輩の両手が優しく私の頭を引き寄せる。腕の中でたゆたうようなキスを受けた。

ふわふわ甘くて、あったかくて柔らかくて、このまま眠ってしまいたいような幸せなキス。目を開けると、胸が痛くなるほど好きな顔がそこにあって、これまたとろけるほど優しい目で私を見ているのである。

夢だったらどうしよう。

「先輩、好きですよ」

現実であることを確認したくて言ってみたら、自分で自分の胸を突いたような痛みが襲った。急激に満ちた幸福が、勢い余って心臓を破ったみたいに。

悲しくないのに涙が出る。

先輩がちょっと驚いた顔をして、丁寧に頭をなでてくれた。

「ほんとに好きです、先輩」

「うん」

うつむいた私の頭に、落ちてくるキス。優しい感触のあとに、ふうっと熱い息が髪に吹き込まれる。なにかと思ったら、ため息だったらしい。

「また悩み事ですか」

「俺も湯田みたいに言ってみたいんだけど、恥ずかしくて無理だと思ってたとこ」

「そんな、私が恥知らずみたいな」

「勇敢だって話だよ」

「それ、榎並部長にも言われました、この間」

「ほかの男の話すんな」

うわ、そんなこと言っちゃうの。

くしゃくしゃと私の髪を両手でかき回しながら、先輩はじっと私を見つめる。こんなふうに見下ろされるのが、すごく好きだと気づいた。少なくとも今、先輩の視界には自分しかいないと実感できるのがいい。

「じゃ、読み上げるだけでいいんで、これ」

「お前も大概しつこいな」

「先輩の成長のためでもありますし」

ね、と促してみたものの、べつに期待していない。書いただけでここまで照れる先輩に、どだい無理な話だ。

いいですよ、いつか言葉で伝えてくれたら。それまではこの文字でじゅうぶん。

両腕を回して抱きつくと、手に持ったままの紙がかさりと鳴った。途中までは卒業証書だ。だけどそれは冒頭だけで、紙の真ん中には、急いで書いたらしい慌てた筆跡の、先輩の字が躍っている。

ふいに、口で口をすくい上げるように上を向かされて、お互いの唇がはっきりと、それまでより深く絡んだ。抱き寄せる先輩の手が熱くて、それがうれしい。

しがみつく手に力を込めたら、紙がするりと逃げて、床に落ちる乾いた音がした。

感覚の隅のほうで、それを聞いた。

同時に、遠慮がちなささやきが唇に届いた。

「俺は、お前のものだよ。……ずっと」

おや。できたじゃないですか。

唇を合わせたまま、私は思わずにんまり笑んだ。照れ隠しなのかイニシアチブを取り返したいのか、先輩のキスはあからさまに濃くなっていく。

ここがどこだか、思い出させてあげたほうがいい気がしないでもない。

そんなにむきにならなくてもいいのに。

私はますます笑って、先輩から垂れる蜜の甘さに身を任せた。

おまけの四月

「そっかあ、山本は湯田ちゃんのもんかあ」

「いい響きですねえ」

「じゃあ湯田ちゃんは？」

「それは先輩に聞いてみないと」

千明さんとはしゃいだ会話を楽しんでいたら、コウ先輩が「なあ……」とうんざりした口調で割って入ってきた。

仕事をしようと食堂にやってきたのだけれど、さっきからあまり進んでいない。

「おかしくねえ？　だだ漏れすぎじゃねえ？」

「俺と湯田ちゃんの仲のよさをなめてたな」

「仲いいとかいう問題じゃねーだろ、千明がこんな細部まで知ってるの、どう考えてもおかしいだろ」

「湯田ちゃんを責めるな。俺が根掘り葉掘り聞き出したんだ」

「いいや、湯田は自分に言う気がなければ、どれだけ突っ込まれても口を割らない。

ある程度自発的にバラしたはずだ」

「すごい、正解です」と拍手をしたらものすごいにらまれた。

いいじゃないか、うれしかったんだもの。私だって共有する相手が欲しい。それに、千明さんのほうが知りたがっていたのも本当だ。

「言うならせめて自分に気がない奴にしろよ。なんでよりによって千明なんだよ」

「俺、そのへんおおらかだから歓迎。むしろ俺の知らないところであれこれ進行されるほうがいやだね」

「俺は進行具合を逐一お前に知られる理由なんてないんだけど」

「じゃあなにもしなきゃいい」

「おかしいだろ！」

「知るか」と千明さんはどこ吹く風で資料をめくる。

こんな彼だけれど、コウ先輩から私たちの顛末《てんまつ》を聞いたときは、『やっぱり落ち込むな』とこぼしていたらしい。

『千明には俺から伝えるよ』

そう先輩が言ったとき、その真剣な声に、私は千明さんが本気だったことと、先輩もそれを知っていたことにようやく気づいたのだった。

そして申し訳なく思うのと同時に、罪深くも、とてもうれしいと素直に感じた。

それは、人の好意というものがかくあってほしいという、私の勝手な願いのせいかもしれない。好きという気持ちは、たとえそれが一方通行であっても、決して悪いものじゃない。人並みに恋心というものを経験して、そう思ったのだ。

「じゃあ俺は、お前らの破局待ちをしながら刹那のアバンチュールといくかな」

「湯田のマンションの隣に、すげえ色っぽいバツイチがいるけど、飲むか？」

「決して色気重視派ではないが、その話はとても気になるな」

「由美さんてバツイチですか」

いつの間にそんな情報交換を。

驚く私に、ＰＣのキーを打ちながら先輩はにやりとしてみせた。

「俺の初対面の好感度の高さをバカにするなよ」

「だんだん下がっていくタイプですね、わかります」

「おい」

先輩と由美さんが顔見知りになったのは、つい先日だ。私の部屋に遊びに来た先輩を見るため、由美さんがわざわざ顔を出した。

彼女は先輩が帰ったあと、あー、と何度もうなずいた。

『あー……あーあ、ああ、あー、うん』

『一音ですごいバリエーション……』

『あれは大変ね、がんばってね』

ぽんと肩を叩かれる。『なにがですか』という質問には答えてもらえなかった。

まあでも、想像できなくもない。

大変。先輩との今後は、たしかにそんな表現でくくられるんだろう。これまでだって、よく考えたらそうだったじゃないか。

「異動しても忙しそうだね、湯田ちゃん」

「部長さんがIMC信者なので、部内に啓蒙をと熱く託されまして」

「それで広報資料を探しに来てたんだ」

「やっぱり対外用の資料がわかりやすいんですよね、入り口としては」

「なるほどね」と千明さんがにっこりする。

「広報も、PR戦略をもっと長期的な目線で立てようとしてるから、湯田ちゃんの部署に俺、かなりお世話になると思うよ」

「ほんとですか、よろしくお願いします」

すかさずコウ先輩が「なんだそれ、おもしろくねえな」と口を挟んだ。千明さんがあきれをありありと顔に出す。

「お前の素直さには頭が下がるよ」

「千明はさあ、ずるいんだよな。女心とかわかってるし、そつないし、優しいし」

「それはずるいとは言わない」

即座に千明さんは反論した。

「女心もわからず、粗忽者《そこつ》で優しくもないのに、同期の女の中で抱かれたい男ナンバーワンになるお前みたいなのを、ずるいと言うんだ」

「聞いたことねえし、そんなランキング」

「ちなみに抱かれたくないほうでも一位だって」

「うるせー、頼まれたって抱かねえよ」

「お前、過去の所業をよくそこまで棚上げできるな」

私もそう思っていた。私たちから白い目を向けられて、先輩が不本意そうに黙る。

午後の食堂は人もまばらで、私たち以外には数組がいるだけだ。

資料を借りようと広報部へ行ったら、とりまとめも手伝うと千明さんが申し出てくれたところまではよかった。たまたま居合わせた先輩にも声をかけたのがいけなかったらしく、作業がさっぱりはかどらない。

「俺はそういうの、もうやめたの」

「湯田ちゃんのものになったんだもんな」

「何度も言わなくていいんだよ！」

真っ赤になった先輩が、私のペンケースを投げつけた。こぼれたペンがテーブルの上の紙カップを直撃し、コーヒーが飛び散る。

「もー、先輩、乱暴ですよ」

「うるせえ、もとはといえばお前が」

「お前だろ、書いたんだから」

「書いたとか言うな！　言っとくが先に湯田が」

「おふたりとも、周りに迷惑ですって」

資料をコーヒーから救出しつつ、真昼間の業務時間中にバカみたいな言い争いを始めたふたりに、一応声をかけてみる。

けれど入社当時のことまでさかのぼって相手をこきおろしあう姿を見て、すぐにあきらめた。


通話を終えると同時に、非難がましい視線を浴びた。

「お前、なに休日に千明と電話とかしてんの」

あぜんとした。「仕事の話ですし……」と説明すると、「だからこそだよ」と不機嫌な返事がある。いやいや……。

「自分だってさんざん土日に連絡してきてましたよね？」

「それは俺だからだし」

「意味がわかりません」

「あいつに隙見せんなよ」

「またそれ！」

そぼ降る雨に、繁華街の灯りがけぶって見える。日曜日、映画と食事などという王道のデートを楽しんだ帰りだ。

濡れることのなにがそんなにいやなのかわからない、と言って譲らない先輩は、こんな雨の日でも傘を持たない意地っ張りだ。

髪がふくらむしメイクも落ちます、と私だけ差している傘を気の毒そうに見るから、私のほうが非常識みたいな気がしてくる。

「だいたいです……」

ね、と言う前に、ひょいと傘の下に頭が入ってきて口にキスをした。

往来での突然の接触に、反論も忘れてうろたえてしまう。

「ほら……」

「ほら見ろ、でしょ」

得意げに言おうとしたのをさらってやると、整った顔がぷっとふくれた。

遊んだ帰りは、先輩の部屋でお茶を飲むのがいつもの流れだ。私たちは私鉄に乗り、先輩のマンションのある駅を目指した。

先輩の部屋では、ベッドを背もたれにして座るのが私の定位置になっている。

「だれも私の隙なんて、虎視眈々《こしたんたん》と狙ってたりしないですよ」

「その考えが隙だらけっていうんだ」

「自分が人の隙に潜り込むのがうまいと、他人の隙が気になるんですかねえ」

「なんだと？」

両手にマグカップを持った先輩がキッチンから戻ってきて、私を足で押しやった。つんのめった私の背後に、身体をねじ込むようにして腰を下ろし、カップを持たせてくれる。甘すぎないココアだ。

先輩の体温が近すぎて、「ありがとうございます」と言う声は小さくなった。

「先輩は、いつもいい匂いがしますね」

「それ、前にもだれかに言われたな。朝に香水つけるだけなんだけどな」

「前にもだれかに言われた、ですか」

前にもだれかに、ね。

先輩が小さく舌打ちして、ベッドにひじをつく。

「お前って意外としつこいよな」

「意外でもなんでもなく、私はしつこいですよ」

「しつこくで思い出したんだけど、全然別の話していい?」

「……はい」となんとなく居住まいを正す。先輩は苦笑して、「そんなたいした話じゃないんだけどさ」と私の肩に片腕を置いた。

「俺のお袋の話、したろ。姉ちゃんとは種違いで、俺は親父を知らないし、でもうちに父親がいなかったかっていうと、違うんだ」

「え?」

「母さんの彼氏っていうか、そのときどきの相手が父親代わりをしてくれてた。みんないい人だった。もちろんそういう人がいない期間もあった」

「それはちょっと、あのう、変わった環境ですね」

先輩は今ごろ気づいたみたいに、「だよなあ」とうなずく。

「お袋は、いわゆる恋愛体質だったんだな、男がいないと生きていけないタイプ」

「ははあ」

「まあそれは置いといて、俺はそんな母親を見て育ったから、恋愛ってそういうものだと思ってたんだ」

「そういう、とは？」

「一過性っていうか、時が来たらどっちかの気が変わるなりなんなりして、半自動的に終わるものなんだと」

コメントに困った。ええと、私が言うことではないかもしれませんが、お母さんだって決して、そんなつもりで個々の恋をしていたわけじゃないと思いますよ。

いつだって終わりは悲しくて、始まりはふわふわ浮き立つ思いだったはずだ。

遠慮がちにそう言ってみると、「そうなんだろうな」と先輩が素直に同意してくれたので、私はなんだか申し訳ないような、切ないような気持ちに襲われた。

「まあなにを言いたいかというとだ、お前を見てて、変わんないこともあるんだなあと、ちょっと感動したわけ、俺は」

「そう簡単に変わらないですよ、私は。少なくとも一年くらいじゃ」

先輩は私を見つめて、穏やかに微笑む。

「お袋は、最後も男絡みだったんだってさ。女ふたりでひとりの男を取りあって、私と一緒になってくれなきゃ死ぬーって」

「え、それで……実際？」

「姉ちゃんが言うには、自分に酔うタイプだったから、ヒロインとして逝《い》けて本望だったろうって。俺にはよくわかんねえんだけど」

私にはちょっと……わかるかもしれない。きっとどんな形であれ、強烈にその人の心に残りたいと思ったのだ。

もしかしたらこれは女特有の心理なのかもしれず、先輩は「さあ」と首をかしげる。

「とりあえず、女って強いなあと」

「そんな結論ですか」

「お前も入ってるよ」

私の頭に手を置いて、にっこり笑う。

「感謝してんの」

先輩も、けっこういろいろ考えているんですね。そういえば言っていましたっけね、私と同じように、ぐるぐるしてるって。

先輩の首に腕を回すと、抱き寄せて応じてくれた。甘えたいですと全身で伝えたら、伝わった。頭をなでながら、ゆっくり降らせてくれるキス。

このまま溶けてしまいたい、と浸った矢先だった。

「お前、そろそろ終電じゃねえ?」

きた。妙な節制と良識を顔に張りつけている先輩を、冷ややかな気分で見返した。

「なんなんですか、それ、この間から」

「なんなんですかって、なんだ」

「とぼけないでくださいよ、うちに来ても私がここに来ても、きっちり夜にさよならする。なんですか、実家暮らしじゃあるまいし」

同じ流れになったら今日こそ言ってやろうと思っていたら、案の定、なった。

私の剣幕に驚いたのか、先輩はたじたじとなりながらも、きっぱり言う。

「だって俺は、お前を大事にするって決めたんだ」

……ええと。

「すみません、ちょっとよく、意味が」

「もうノリとか流れでやってた俺とは違うってことだよ」

「べつに今の私たちがするのは、ノリでも流れでもなくないですか?」

「いや、まだダメだ」

大真面目に首を振る。うわあこれ、まずいやつだ。ダメなパターンだ。

「先輩、よく考えてくださいよ、我々はすでに一度ですね」

「わかってる、それについては全面的に俺が悪い。だからこそ今度はちゃんとしたいんだ」

「いえ、そうでなく……ちなみにじゃあ、どのくらいの期間をお考えですかね」

「そうだな、半年くらい？」

ふざけるな！

心の叫びは、崇高な決意に胸を張る先輩に届くはずもなかった。そこを推してなんとか、と追いすがるのもあんまりだし、どれだけやる気なんだと引かれてもつらい。私だって、すれば満足なわけでもない。だけど一度きりのあの記憶は、私のほうにしかないものだから、早く先輩と同じ思い出を持ちたいのだ。

まあ、ただ興味がすごくあるっていうのも真実だ。先輩のあの、つやめいて色っぽい姿を見たいだけと言っても大げさじゃない。

どう転んだって、ああ。半年は、長い……。

「あの、じゃあそういうのなしでいいんで、泊まっていったらダメですか？　むなしいというか、さみしいんですよ、帰るの」

「無理無理、一緒に寝たら俺、絶対手を出しちまうもん」

「出せばいいじゃないですか」

「なんでそんな非協力的なんだよ」

「ようやくここまでこぎつけたのに、わけのわからない半年の生殺し期間を課されて、協力しろってほうが無理です」

「お前のためでもあるのに、なんだその態度」

「絶対私のためじゃないでしょ、そんな自己満足の贖罪《しょくざい》につきあわされるなんてまっぴらです。決めた、私は帰りません」

「おい、ベッドに上がるな」

「私のことはお気になさらず」

「帰れっての！」

「帰りません！」

布団に潜った私を、先輩はベッドから引きはがす勢いで追い出そうとする。なにがなんでも追い出されてやるものかと、身体にぎゅっと布団を巻きつけて応戦した。

はたから見たらバカみたいであろう攻防は、ヘッドボードの上にあった小物を枕がなぎ払ったのに始まって、ベッドカバーのどこかが裂けたようないやな音がするまで白熱し、やがてシーツの上で手と手が出会ったときに終結を見た。

「ほら見ろ……」

「私の台詞です」

「だから帰ってほしかったんだよ」

途方に暮れたような声。

布団の上から私を押さえ込んだ格好で、私の手をゆっくり開かせるように、一本一本指を絡ませ、それとこれとはセットなんだと言わんばかりに唇を重ねてきた。

「我ながら軟弱な理性で、いやになる」

「捨てちゃってください、そんなもの」

横たわって、手をつないで、先輩の体重を感じながらするキスは、期待感に満ちていてとてもいい。あれだけ帰れ帰れと言っておきながら、先輩のキスがどことなく甘え気味なのが、またいい。長い指が熱くほてっているのが、さらにいい。

「知らねーよ？　俺、今日も酒入ってるし、また調子乗って雑なことしちまうかも」

「そこまで飲んでないですよね？」

「やってるうちに酒が回るみたいで……」

よっぽど自制心に自信がないのか、先輩が不安げな顔をする。

「いいですよ、雑だろうが乱暴だろうが」

「でもお前、慣れてないのに」

「相手が私だと認識していてくれさえすれば、どう扱ってもらってもかまわないです」

「俺、そんな感じだったのか」

愕然とした声と、ぎゅうっと力が増した手から、先輩の受けた衝撃が伝わってきた。

「前回は前回ですし、そんなに気に病んでいただく必要は」

「好きだよ、湯田」

「は……」

思わず、ぽかんと見上げてしまった。

いつか言ってほしいなと思ってはいましたが。さすがにいきなりすぎませんか？

先輩はどうやら真剣で、「ほんとだから」と念を押す。

「俺がなにをしても、それだけは信じてて」

「なにかする気なんですね」

「しないけど。がんばるけど。もしもの話」

必死さに圧されて、はい、とうなずいた。

ふたりの間にあった布団がはがされ、肌寒さを感じる間もなく先輩が上からぎゅっと抱きしめてくれる。先輩の骨と筋肉の重み。

「信じてます」

「うん」

もう一度、好きだって言ってくれないかな。

けれど先輩はたぶん今、それどころじゃないだろう。汚名返上、名誉挽回。そのあたりのことしか頭にないはずだ。邪魔しないでさしあげよう。

先輩が身体を起こして、Tシャツを脱いだ。うしろ襟を引っつかんで脱ぐ仕草が、男の人っぽいなあなんて考えていたら目が合った。

「なんだよ」と不思議そうにしながら、再び先輩が私の頭の横に手をつく。絡まった髪が揺れて、さらっともとに戻った。

「なんか笑っちゃうんですが、わかります?」

「わかるよ、俺も今そんな感じ」

「おかしいわけじゃないんですけど」

「わかる。まあ今のうちに笑っとけ、すぐそんな余裕なくなるから」

「やっぱりなにかする気じゃないですか」

「なにかはするんだよ、当然」

「話がち……」

口をふさぐようにキスをされた。奥の奥まで貪《むさぼ》る、征服欲に満ちたキス。

先輩はやっぱり、しているうちにお酒が回ったらしい。だんだんと奔放になり、好き放題しはじめ、音《ね》を上げた私が小休止を提案しても明るく無視した。

「うー、やばいな」

「なんですか」

「今までで最高ってくらい、気持ちいい」

「そりゃ、よかったです……」

噛みつかれ、転がされ、いやだと抵抗したことをすべてやらされ、これで報われなかったらやっていられない。

不慣れな身体は、はじめこそ息が詰まるような違和感をもたらしたけれど、先輩の〝本気〟とやらのおかげか、やがて溶けた。

とろとろとかすむ意識の中、「先輩」とすがりつくたび、「ん？」と返事をしてくれる。それがたまらなく幸せ。

「先輩、好きです」

「ん、俺も」

好きですよ。

俺もだよ。

飽きるほどくり返した。

それが欲しかったんです、先輩。一年間、その言葉を待ってたの。私の好きな先輩が、私の好きな笑顔で、私の好きな声で、そう言ってくれるときを切望していた。

先輩はきつそうに、ずっと眉根を寄せて、歯を食いしばっているような状態で、

「気持ちいい」と、ときおり耐えかねたように漏らす。

汗で額に張りついた髪をかき上げてあげると、ふと没頭から浮上したみたいに、にこっと微笑んだ。

「好きだよ、湯田」

先輩のつくる、熱くうねる波に翻弄《ほんろう》されて、呼吸すらままならない中で、ため息みたいな返事を必死にした。

はい、私も。

私もです。

——感じたことのない振動が、どこか奥底から私を刺激する。

いや、知っているといえば知っているんだけれど。なんだっけ、これ。

ぷかりと浮かび上がった意識の中、視界に入ったのは見慣れないような見おぼえのあるような部屋の景色だった。

顔をくすぐる髪をのけようと手を動かして、腕がむき出しであることに気がついた。というより全身、なにも身につけていないことに。

背後から腕が伸びてきて、シーツの上をまさぐる。目当てのものがなかったのか、「あれ」という小さいつぶやきとともに肩に手が置かれた。

温かい手の心地よさに浸る間もなく、ぐえっと声が出る勢いで体重をかけられる。私を台にして身体を起こした先輩が、上から覗き込んできた。

「俺の携帯は？」

「たぶん……」

床の上を指差した。そこに散らばっている服のどれかに埋もれているはずだ。

先輩は往生際悪く布団の中から腕を伸ばし、シャツやらパンツやらを指先でたぐり寄せ、震えっぱなしの携帯を発掘する。ほどよく引き締まった上半身の下敷きになったまま、先輩がスヌーズをキャンセルするのを呆然と見守った。

ふとなにかを発見したように、先輩がこちらを見る。私は蒼白になって脂汗をかいていた。

なんてことだ。嘘でもいいから嘘だと言ってほしい。

だがしかし、窓の外は明るい。

――月曜だ‼

「ええと、家まで走って着くのが半で」

「落ち着け、走るのは駅までだ」

「あっそうか、えーと電車の待ち時間でメイクすればよくて」

「家に帰ってシャワー浴びるんだろ？」

「先輩、私はもうダメです」

「大丈夫だって、俺の見立てでは間に合うから、早く行け」

混乱して半泣きになりながら、あたふたと服を着る私を、先輩が心配そうに見守る。

月曜の朝イチは、部の全体会議なのだ。新入りの私が遅れるわけにはいかない。

昨日もう少しかっちりした服を着てさえいれば、最悪このまま出社できたのに！

よりによってデニムなんてものを選んだ自分を呪いながら、なんとか着替えを済ませて部屋を飛び出した。

「お邪魔しました！」

「湯田、忘れてる、忘れてる！」

「ああ！」

携帯だけ握りしめていた私に、先輩がバッグを持ってきてくれる。これまた手間のかかるレースアップの靴を履きながら、それを受け取った。

「間に合うから、落ち着け」

「はい」

寝ぐせで乱れた頭でも、ボクサーパンツにパーカーを引っかけただけでも、かっこいい人はかっこいいのだ。よく見れば気づく程度のまばらな髭《ひげ》がまた、匂い立つように男の人っぽく、色っぽい。

「では、失礼します」

ぴっと敬礼する私を、先輩が笑った。二本の指で敬礼を返してくれる。

ちくしょう、かっこいい。朝からときめいてしまった胸をなだめて、日に日に気温が高くなる四月の空の下に出た。

月曜日はきらきらしていていい。前週の慌ただしさも、土日の怠惰もすべて洗い流す特殊な空気に満ちている。

電車に飛び乗った直後、携帯が震えた。

【どう?】

【ぎりぎりですが余裕です】

【どっちだよ】

【結論から言えばセーフです】

【よかった、起こしてやれなくてごめんな】

【しまか】

【しまか?】

【打ち間違えました、次回はちゃんと自分で起きます】

【うちに着替え置いていいぜ。まあとりあえずあとで、会社で】

先輩、これからも何度だって抱きしめて、キスをして、会社ではきりりと涼やかに、夜は少し扇情的《せんじょう》に笑ってくださいね。

なんたって先輩は私のものなんですから。

ねえ、私はだれのものでしょうね? もしかして先輩のものっていうことに、してもらえたりしますか?

汗と吐息と、あといろんななにかにまみれたゆうべ、私はふと思いついてそう尋ねたのだった。先輩は不意を突かれたように目を丸くして、照れくさそうに、こぼれるような笑みを浮かべた。

『当然、俺のじゃねえ？』

窓から差す光の筋を眺めながら返事を打った。顔が自然とほころんでしまう。

ああ日々は楽しく、うまくいくこともいかないことも、ひっくるめてなにもかも愛おしい。

偶然会ったら、『よお』っていつもみたいに声をかけてくれて、それで今朝のことを思い出して、ふふっとお互い笑ってしまうような、そんな想像だけで素敵な気分だ。

ともあれ今は朝を駆け抜け、ウィークデー用の自分に着替え、意《い》気《き》軒《けん》昂《こう》、再出発。

先輩、それではまたのちほど。

――会社で！

特別書き下ろし番外編

三巡めの月たち

「うちの新卒、入社後にちょっと変わった試験を受けるの、知ってるだろ？」

航を会議室に呼んだ嶋が、らしくもなく忍び笑いを漏らして言った。

新設部署ＩＭＣ室は、前年に本社が移転してから『あそこはなにに使うんだ』とだれもが首をひねっていた最上階の空き部屋に、満を持して出現した。

航は勤続三年目に入るタイミングで初期メンバーとなった。営業部で二年間働き、自分の適性と限界を若手なりに理解できたころ、新設部署の立ち上げの話を聞き、上司に異動を願い出たのだ。

飲食店向けの営業を担当していた。受け持ったエリアはカフェダイニングやバーの激戦区で、航は競合メーカーと戦いながら、それとは別の戦いに敗れては去っていくオーナーを何人も見送った。

営業成績は悪くなかった。先輩社員を置いて月間トップに躍り出たこともある。だがその陰には、値引きしてくれるメーカーに替えた、ソフトドリンクなんてどこも味は一緒だ、最近ＣＭを見ないのは落ち目だからか、等々、数々の悔しい言葉をぶつけられた経験が積み上がっている。

いいものをつくっているだけじゃダメだ。いいものを『いいものだから』という理由だけで選び取れるほど、消費者は単純な暮らしをしてはいない。

変えたい。学びたい。

芽生えた欲求に、ＩＭＣ室は最高のフィールドとなった。

——が。

「知ってますよ、俺も受けましたし」

「今度入ってくる子ね……あ、これは一応人事情報だから内密に」

うなずき、航は一枚の出力を受け取った。〝ちょっと変わった試験〟の答案用紙のコピーだった。二十問ほどで、一般教養や学術の知識を問うものではない。区分するならクイズや、一時期流行った脳のトレーニングが近い。

コピーを見るかぎり、出題内容は航の時代から変わっていない。用紙の右下には五つ六つの捺印があり、何人かの手を渡ってきたことがわかる。

回答者の欄には〝湯田〟の日付印が捺してあった。

これが新人の名前か。

日付印は定規でもあてたかのように、まっすぐに捺されている。〝湯田〟の生真面目さと、小さな作業を楽しむ性格が伝わってきた。

航もおぼえている。新入社員にとって、この試験での捺印が、研修中に配布された日付印を使う最初の機会なのだ。〝仕事〟の象徴のような、名前の入った日付印。

「読みやすい字ですね」

「おおらかで素直な筆跡だよね。適度に雑なのも頼もしい」

嶋のコメントに、航はうなずいた。字には性格が出る。字の形にも出るし、字間のとりかたにも出るし、枠や線に対してどう配置するかにも出る。

間違えたり書ききれなかったりしたときの対処のしかたにも出る。正解があるわけでも、点数をつけられるわけでもない。ただ〝性格が出る〟。

「手書きの履歴書を求められるのもわかりますね。手書きって情報量が多い」

「今どきの若者の理解を得られてうれしいよ、人事部経験者として」

「嶋さん、人事部も経験あるんですか」

「昔ね」

へえ、と航は嶋の柔和な顔立ちを見つめた。室長に次ぐポジションにいる嶋は、実質ＩＭＣ室の実務的なトップだ。柔らかい物腰に隠れているが、一か月一緒に働いただけで、知識量と合理的な思考、しなやかな実行力に圧倒された。

学ぶ側でいたかった。

航はもう一度、答案のコピーに目を落とす。ひとつの回答が目をひく。

『下記があてはまる身体の部位を答えなさい：さんかくでしかく』

答えは〝口〟だ。三画で四角、というわけだ。〝湯田〟は正解していた。だが欄外にもうひとつ答えを書いていた。

『〝鼻〟はどうでしょう！　三角で死角！』

この回答には、回覧者たちがこぞって『笑』『たしかに！』と楽しそうなコメントを入れている。航は口元をほころばせた。

これでなにかに合格したり落第したりする試験じゃない。一問も正解しなくたっていい。ただ〝どんな人か〟を知りたいから行う試験だと航は過去に説明を受けた。

会社は意外と暇人が多いのかと首をひねりながら答案を埋めたが、今ならわかる。だって〝湯田〟に会いたくなっている。

「俺、がんばります、教育係」

新人が入る、と二日前に告げられてから、ようやく航が見せた、屈託のない彼らしい笑顔だった。嶋もにっこりと微笑んで、航の肩を叩いた。

頭がよく自由で柔軟。細やかだが神経質ではなく、物事を楽しむのが上手。挑戦も嫌いじゃないが、決して無鉄砲ではない。

翌日ＩＭＣ室にやってきた〝湯田〟は、航の思い描いたイメージそのままだった。

「湯田千栄乃と申します。よろしくお願いします！」

目の前で勢いよく頭を下げる湯田の、揺れる髪を、航はぽかんとして見つめた。

好奇心に輝く瞳、今にも笑いだしそうなのをこらえているような口元。

まさしく、イメージそのままだった。

ただひとつ、女の子だという点を除いて。

六つ上の姉、七海《ななみ》から航に電話がかかってきたのは、師走の慌ただしさが見えてきたころだった。あきれ声で『やってくれたよー、あの人』と彼女は言い、母親が亡くなったことと、どういう最期だったかを知らせた。

航は仕事を終えて帰宅したばかりだった。ビールでも飲もうと思っていたところだったが、飲まずに話を聞いたほうがいいか一瞬迷い、やはり飲むことにした。軽く酔いたい。なぜなら母親の訃報はすなわち、この先少なくとも数日間は仕事ができないことを告げていたからだ。身体から力が抜けていくのを感じた。

湯田と進めていた、大切な案件。

「母さんって最近どこに住んでた？　実家はまだあるよな？」

通話しながら冷蔵庫へ行き、缶ビールを取り出す。部屋へ戻ってローテーブルに缶を置き、片手でプルタブを開けた。

今、過去形を使ったな、俺。

最初のひと口を味わいながら考える。人の順応力はすごい。

『都内よ。彼氏に私のことを伝えてたみたいで、その人が連絡をくれたの』

「葬式はそこでする？」

『彼氏のところでって意味？　ううん、わかりやすく彼氏と言ったけど、じつはまだそういう関係に至ってなかったそうだから、それは無理ね』

七海の説明はシンプルだったが、航にはだいたいの事情が把握できた。

ふたりの母親は自由な性格で、一度も結婚しないまま、数年ごとに相手を替えて生きていた。相手によって服装やメイクを変え、七海と航が独立してからは住むところまでころころ変えるようになったため、次第に情報の更新が追いつかなくなった。

それでも年に数回は必ず会っていたし、連絡も取りあっていた。だが今年は忙しく、最後に会ったのは年始だ。

惚れっぽく溺れやすい。世間的には感心な母親ではなかったかもしれないが、航たち姉弟は一度も、彼女の子供への愛情を疑ったこともなければ、彼女を母親失格と思ったこともなかった。

ひたすら男の経済力に頼ってではあったが、子供を決して放置せず世話した。ふたりは飢えることもなく健康に育ち、人生に失望したことはない。

じゅうぶん立派な親じゃないか？

「じゃあ、島でする？」

『そうなるんだけどさー、あの人がいっつも言ってた夢、おぼえてる？』

ベッドに腰を下ろし、航は考えた。

「私が死んだら骨は海にまいてってやつ？」

『そう！　おかげで手間が激増よ！　勝手に海にばらまくわけにもいかないし、散骨のサービスを調べてるところ。まったく、無駄にヒロイン力が高いんだから……』

「手伝うよ」

『いいわよ、自力で島にたどり着いてさえくれれば。航は仕事があるでしょ』

七海は五年前に結婚し、四歳の娘と一歳の息子がいる。

人生の軸足をどこにも置かず生きる母親を見て育った七海は、『自分で自分を養えない女はああなるしかない』が口ぐせで、だれもが知る総合電機メーカーに就職した。

社内の出世頭をつかまえて結婚し、自身もマーケターとして実績をあげ、今は二度目の育児休暇中だ。

「会社、復帰すんの？」

『頼る実家もないのにふたり抱えて会社勤めは無理かなと最近思ってる。お母さんもこうなったしね、まあ期待してなかったけど。いや、じつを言うと少ししてた』

「姉ちゃんが辞めたら、会社も損だな」

『そう思ってもらえたら救いよ』

七海は苦笑し、『お母さんは結局、母よりも祖母よりも、女だったねえ』と懐かしむような声を出した。

順応がはやいのは血かな、と航は考えた。

母親の故郷への旅は、文字どおり丸一日、船の中だった。

存在しか知らなかった祖父母の家で歓待を受け、次から次へ出てくるおじやらおばやら幼なじみやら、顔と名前と関係を頭に入れるだけで精一杯だった。

泊まっていけと熱烈に誘われたが、航は固辞して港のそばにあるホテルへ戻った。

客室は禁煙のため、テラスへ出る。

ホテルは小高い丘の斜面に建っている。海に向かって突き出るようにつくられたウッドデッキは手すりもなく、まるで海への飛び込み台だ。

航はデッキの縁に腰を下ろして、足をぶらぶらさせながら煙草をふかした。港の灯りを映してきらめく、夜の海面をぼんやり眺める。

手持ち無沙汰なのは、携帯を見ていないからだとやがて気づいた。

見ても仕方ないのだ、インターネットがつながらないから。部屋には有線LANが引かれてはいるが、携帯にはケーブルを差し込むLANポートがない。念のため持ってきたPCにすら、そんなものはもうない。アダプタを買う時間もなかった。

無意味とわかっていながら、デニムのうしろポケットから携帯を取り出した。毎日のように湯田とやりとりしていたメッセージアプリは、ネット環境がないため起動すらできなかった。

ため息をつき、携帯をポケットに戻す。

「あの人が世間とちょっとテンポがずれてた理由、なんとなくわかったよね」

突然背後から声がして、航は振り返った。七海が微笑んで立っていた。

健康的な色の肌、きりっとした顔立ち。まっすぐな黒髪を顎の下あたりでそろえている。航とは『似てないね』とだれからも言われる容姿だ。

「ちびたちは？」

「寝てる。だからすぐ戻るわ」

先に島に来ていた七海の部屋は、上の階だ。子供ふたりをつれてあの船旅は、さぞ大変だっただろうと航は思う。

隣に座る七海に、航は吸いかけの煙草を差し出した。子供をつくる前はヘビースモーカーだったのだ。だが七海は首を横に振った。

「母さんってずれてたのかな？」

「私も結婚して、母親になったから断言するけど、ずれてたよ」

「そっか」

「航、わからないんだ？」

航は「うーん」と曖昧に首をかしげた。七海がふっと柔らかく笑う。

「あんたはお母さんを好きだったもんね」

「姉ちゃんだってそうだよな？」

「もちろん。でも同じ女として母として、あなたはやっちゃいけないことをたくさんやったよって言ってやりたくもある」

なるほど、と納得する航の横で、七海は「だけどさ」と続けた。

「それは私だから言っていいわけで。三十年近く会ってなかった人たちから、人の母親を失敗作みたいに言われるとね」

「ここで暮らした記憶ある？」

スエードのモカシンに包まれた足を、七海が揺らす。女ものの靴はたいていが脱げやすそうで、航はいつも見ていてひやひやする。

「あったみたい。来てわかった。あれはここの記憶だったんだ。みたいな」

「俺、なんかすごい人の子供らしいよ、知ってた？」

「あの人たち、そんなことまで話したの？」

七海の声が険しくなった。航は「みんな酔っぱらってたし」とフォローするが、あまりフォローになっていなかったことに遅れて気づいた。

島まで遺体を搬送する手段がなかったため、航たちは都内で火葬を行い、遺骨だけを持ってきた。地域の風習なのか、たんに一族が呑兵衛《のんべえ》なのか、日が暮れる前から祖父母の家には人が集まりはじめ、遺骨を囲んで大宴会となった。

ぽかんとするほかない航と、子供から目を離せない七海はひっきりなしに声をかけられ、泣かれたり励まされたり謝られたりした。

「ここらの小さな島って、都内から著名人や政治家がお忍びで来るのよ。おじいちゃんはそういう人たちのガイドをするとき、母さんにも手伝わせてた。美人だったから、そりゃそういうことも起こるよね」

「へえー」

「でもだれもが知ってる人、みたいなことはないはずよ。うちはほら、一番手のガイドでもないから。そこそこすごい人、くらいじゃない？」

急にあたふたと早口になる七海に、航は笑った。七海はおそらく、今さらとんでもない出自が明らかになって、航の人生が狂うのを恐れているのだ。

安心してくれていい、と航は考えた。父親がだれかを知りたいとは思わない。すねているわけではなく、純粋に興味がないからだ。

「ねえここ、かろうじて電波は通じるよ」

「え？」

七海が航のうしろポケットに目をやった。

「電話しようとしてたんじゃないの？」

あ、と航は、なんの話か思いあたる。そしてばつが悪くなった。

「いや、違う。ただちょっと、気になって」

「あんたがそう言うってことは、彼女じゃないよね。仕事？」

千明みたいなことを言う。自分はそんなに薄情だろうかと苦々しい気持ちで煙を吐きながら、航は「うん」とうなずいた。

「俺、ちょうど大事な案件を任せてもらってたところで」

白い煙が、海のほうへ流れて消える。七海が航の背中をぽんぽんと叩いた。

「チャンスはまた必ずくるよ」

「いや、俺の実績はどうでもいいんだ。すごくおもしろい後輩とやってた仕事だったから、残念だなって。様子を知りたいけど、今電話してもさ……」

母親の訃報から今日まで一週間弱、目まぐるしくて仕事のことを考えるひまもなかった。気づけばすっかり部外者の気分で、なにを話したらいいかわからない。

「後輩の負担も心配で。しっかりやってるだろうとは思うけど、でも……」

まとまらない口ぶりの航に、七海が噴き出した。

「なんか元気ないと思ってたよ」

「元気なかった？」

「しんどいときに声を聞きたくなる相手がいるってのは、あんたにしては進歩」

航は顔をしかめ、頭の中で反論を唱えた。話そうと思っていたのは、向こうのことが気がかりだったからであって、それにべつに声を聞きたかったわけじゃなく、仕事が順調かどうかを確認しようとしただけで……。

「……しんどいのかな、俺」

七海は答えず、身軽な動きで立ち上がった。「もう戻らなきゃ」とブルゾンのポケットに両手を入れる。

「そっか、おやすみ」

「航、なんでおばあちゃんの家に泊まらなかったの？」

「お互いさまだろ」

短くなった煙草を携帯灰皿に捨て、航は七海を見上げた。相手の考えていることがわかる気がした。今もどんちゃん騒ぎが続いているであろう、祖父母の家。

彼らとの血縁を疑いはしない。七海の面影があるおばもいたし、航は若いころの母親にそっくりだとみんなが口をそろえて言った。

いい人たちだと思う。

だが、航たちにとっては会ったばかりの他人だった。

「島のお墓にも、骨を半分入れたらどうかってさ」

「母さんがここに戻ってきたがってる気はしないよな」

「明日もそういう話が次々舞い込むよ。寝よ」

うん、と生返事をして、航はその場を動かなかった。七海もそれをわかっていたようで、「おやすみ」と声をかけて室内に戻っていく。

再びひとりになったテラスで、航は次の煙草に火をつけようか迷った。

先輩はおいしそうに吸いますねえ、と頭の中で声がする。

今はそんなにおいしくないよ、と心の中で答えた。仕事もしていない。身体を動かしたわけでもない。ただ時間を持て余して吸っているだけだ。

左脚がうずく。バイクの事故でひどく痛めた両脚は、気圧や湿度の変化に敏感で、特に大きな傷痕のある左脚が、この島に来てからずっと違和感を発している。

なあ湯田、と再び心の中で話しかけた。

もっとうまい煙草が吸いたいよ。

お前の隣で。

「お姉さん、美人ですねー!」

航の横で、湯田がしきりにくり返す。そう言われることに慣れている航は、「今度本人に言ってやって」とお決まりの返事をしたが、湯田は本人の前でも言っていた。はじめてふたりを会わせた。神奈川の七海の家を訪ね、五歳児と二歳児に手を焼く湯田という珍しいものを見て、母親の位牌に手を合わせてきた。

亡くなってから半年がたち、親戚をつれたクルーズツアーとなった散骨の儀式も無事終わった。島の墓地に半分納めるという話は、七海と航で再度島に赴き、海に還るのが故人の遺志だからと丁重に断った。

坂の多い街を駅に向かって歩く。日も暮れかけているのに、汗ばむほどの陽気だ。湯田と出会ってから、三回目の夏が訪れようとしていた。

「優雅ですねえ、海のある暮らし」

「姉ちゃんは、こっちがルーツなんだろうな」

航は小学校高学年のときに臨海学校に参加するまで、海を見たことがなかった。今でも海と山どちらか選べと言われたら、山にする。

「晩メシ、どこで食う？」

「駅舎がレトロでかわいいなあ、あっ、喫煙所発見！　風情がありますねえ」

まったく聞いていない湯田は、小さな木造の駅舎の片隅にあるスタンドタイプの灰皿のほうへ航を引っ張っていく。

「俺、吸うって言ってないけど」

「吸ってくださいよ。私、先輩がおいしそうに吸うところ見るの、大好きです」

「そんなうまそうに吸ってるか？」

「吸ってますよー、男の人って感じでかっこいいなあって毎回思ってますよ。吸ってなくてもかっこいいですけどね！」

なにがそんなに楽しいのか、湯田はいそいそと航のチノパンのうしろポケットから煙草の箱とライターを取り出して、はいと差し出す。

特に吸いたい気分でもなかったが、ここまでお膳立てされると断るのも忍びない。航は煙草を受け取り、一本くわえた。ライターを受け取ろうとしたとき、湯田がぱっと手を引っ込めた。

「私につけさせてください」

名案を思いついたような、きらきらした顔をしている。航は眉をひそめた。

「お前、ライター使えんの？」

「使えますよ、失礼な！」

言葉のとおり、湯田の手の中で火が点る。航は煙草を近づけ、火を移した。

「気分いいですねー」

「意味わからん」

紫煙をくゆらす航の隣で、湯田は満足げな息をついている。そして「んっ」と声を発した。斜めにかけた小ぶりのバッグの中から携帯を取り出した湯田が、一瞬ぎくっと固まったのを航は見逃がさなかった。

「千明だろ」

「……はい」

悪事を見つかった小学生みたいに、「出てもいいですか」と小さな声で許可を求める。航は当然ながらおもしろくなかったが、無視しろとも言えない。

「出ろよ」

湯田は遠慮がちに航に背を向け、「湯田です」と携帯を耳にあてた。

それじゃやりとりがわからないじゃないか。

ぐいとその肩を引き、元どおりこちらを向かせる。湯田はきょとんとした顔で、「あーはい、それですね」と会話を続け、バッグからメモ帳とペンを取り出した。

航は察して、湯田の携帯を引き取り耳元で持っていてやることにした。湯田は申し訳なさそうに肩をすくめ、携帯に耳を寄せてなにか書き留めはじめる。

携帯を少しずつ移動させると、湯田もくっついてくる。先ほどの『気分いいですねー』が少しわかった気がした。

メモ帳に並ぶ、今はもう見慣れた文字を航は眺めた。

「女と思うとべつに、字きれいなほうでもないよな、お前」

「は？」

携帯をしまいながら、湯田が航を見上げる。千明の用は明らかに業務ではあったが、今日湯田と出かけることを彼には伝えてあったはずだ。月曜に会社で会ったら、釘をさしておかないと。

いや、そうしたら『悪かったな。じゃあ今度から夜にかけるよ』などと言い返されて終わる気がする。だが今度という今度はひと言言わないと気が済まない……。

「なにをぶつぶつ言ってるんですか」

「べつに」

「字のうまいへたに男女って関係ありますかね」

いきなり話題が巻き戻った。そして湯田は根に持っていた。航は肩をすくめる。

「あるんじゃないか？　女のほうが片づけがうまいとかと一緒で」

「うまいわけじゃないですよ。片づけができないのは恥ずかしいという、まっとうな意識を持ってるだけです」

これは面倒な話題に突入しそうだ。航は慎重に「はい」と深入りしない姿勢を表し、煙が駅舎のほうへ行かないよう、顔をそむけて吐き出した。

「聞いてないようで、しっかり聞いてんだな、お前」

「私が先輩の声を聞き逃すはずないでしょう」

よく言うよ、と口の中でつぶやくと、「なんです？」と鋭く追及される。

納得がいかない様子の湯田に、身を屈めてキスをした。気が合うだろうという予想はあたり、子供の世話を航に任せ、七海は湯田を独占していた。七海の家で、湯田と会話した記憶がない。

しんどくなくたって、声を聞きたい。

顔を見ていたい。笑ってほしいし、笑わせてやりたい。

ほんと、もう、すっかりお前のもんだよ。

「なにか言いました？」

少し顔を赤くした湯田が、むっと眉根を寄せる。航はもう一度、トンとぶつけるように唇を重ね、煙草をひと吸いすると、暮れてきた空に向けて煙を吐いた。

「なんでもねーよ」

Fin

あとがき

こんにちは、西ナナヲです。今作はだいぶ昔の作品の書籍化になります。確認したところ二〇一四年六～十二月に書いていたものでした。原題『先輩12か月』という、一章一か月の縛りに首を絞められているのが途中からよくわかる作品です。ろくでもないヒーローをよく書きますが、このヒーローは群を抜いてろくでもないですね。実際こういう男の人がいないわけでもないから世の中恐ろしいです。

前回のあとがき（『冷徹社長は溺あま旦那様～』）でジム通いを検討中と書きました。直後に近場のジムに入会しました。ジム通いはこれがはじめてではなく、以前別の街に住んでいたときも近所にぴかぴかのジムがあり、通っていました。私はジムでは基本、泳ぐかバイクをこぐかです。身体を動かすならひとりで黙々と、が性に合っているので、今回もスイム、バイク、それと筋力アップのためにトレーニングマシンも使って、せっせと通っていました。が、ある日顔見知りに遭遇。同じジムに通っていたらしく、しかも利用時間帯もかぶっている様子……。

あっさり足が遠のき、三カ月ほど月会費だけ納めています。精神が引きこもりなので、知っている人がいると思うだけで憂鬱になってしまうのです。ちょっと遠いジムに替えようかとも思いましたが、自分がそんな距離を通うわけがありません。

この件で思い出したのが、私は引っ越し魔だったということです。学生時代から今の家に移るまで、賃貸契約の更新をしたことがありませんでした。引っ越し作業も好きですし、部屋を探すのも大好きです。次はどの路線のどの駅に住もう、どんな環境で暮らそう……と考えて実行する、これほどの自由があるでしょうか。

……とポジティブに表現してみましたが、裏を返せば街になじむのが苦手ということです。よく行く店で「いつもありがとうございます」と言われはじめると、この街も去りどきだなと心が旅支度をはじめます。知らない人に囲まれて生きたい。そのくせ行動範囲が激狭いため、ひとつの店に通い詰めるタイプという矛盾を抱えています。

友人が「ナナヲはストレンジャーでいたいんだね」と言いました。かっこいいから今度からそう言うことにします。私はストレンジャーでいたい。

文庫化に際しご助力をいただいた各位、またここまで応援してくださったみなさまに、心からの感謝を込めて。

西《にし》ナナヲ

西ナナヲ先生への
ファンレターのあて先

〒104-0031
東京都中央区京橋1-3-1
八重洲口大栄ビル7F
スターツ出版株式会社　書籍編集部　気付

西ナナヲ先生

本書へのご意見をお聞かせください

お買い上げいただき、ありがとうございます。
今後の編集の参考にさせていただきますので、
アンケートにお答えいただければ幸いです。

下記URLまたはQRコードから
アンケートページへお入りください。
https://www.berrys-cafe.jp/static/etc/bb

ベリーズ文庫

エリートな彼と極上オフィス

2019年4月10日　初版第1刷発行

著　　者　西ナナヲ
©Nanao Nishi 2019
発 行 人　松島 滋
デザイン　カバー　粟村佳苗（ナルティス）
フォーマット　hive & co.,ltd.
校　　正　株式会社鷗来堂
編集協力　妹尾香雪
編　　集　福島史子
発 行 所　スターツ出版株式会社
〒104-0031
東京都中央区京橋1-3-1　八重洲口大栄ビル7F
TEL　出版マーケティンググループ　03-6202-0386
（ご注文等に関するお問い合わせ）
URL　https://starts-pub.jp/
印 刷 所　大日本印刷株式会社

Printed in Japan

ISBN 978-4-8137-0656-4　C0193

ベリーズ文庫 2019年4月発売

『溺愛本能　オオカミ御曹司の独占欲には抗えない』　滝井《たきい》みらん・著

OLの楓は彼氏に浮気をされバーでやけ酒をしていると、偶然兄の親友である遥と出会う。酔いつぶれた楓は遥に介抱されて、そのまま体を重ねてしまう。翌朝、逃げるように帰った楓を待っていたのは、まさかのリストラ。家も追い出され心労で倒れた楓は、兄のお節介により社長である遥の家に居候することに…!?

ISBN 978-4-8137-0654-0／定価：本体630円＋税

『クールな部長は溺甘旦那様!?』　夢野美紗《ゆめのみさ》・著

OLの莉奈は彼氏にフラれ、ヤケになって行った高級ホテルのラウンジで容姿端麗な御曹司・剣持に出会う。「婚約者のフリをしてくれ」と言われ、強引に唇を奪われた莉奈は、彼を引っぱたいて逃げるが、後日新しい上司として彼が現れ、まさかの再会！　しかも酔った隙に、勝手に婚姻届まで提出されていて…!?

ISBN 978-4-8137-0655-7／定価：本体650円＋税

『エリートな彼と極上オフィス』　西《にし》ナナヲ・著

飲料メーカーで働くちえはエリートな先輩山本航に密かに憧れている。ただの片思いだと思っていたのに「お前のこと、大事だと思ってる」と告げられ、他の男性と仲良くしていると、独占欲を露わにして嫉妬をしてくる山本。そんなある日、泥酔した山本に本能のままに抱きしめられ、キスをされてしまい…!?

ISBN 978-4-8137-0656-4／定価：本体640円＋税

『今夜、夫婦になります～俺様ドクターと極上な政略結婚～』　未華空央《みはなそらお》・著

家を飛び出しクリーンスタッフとして働く令嬢・沙帆は、親に無理やり勧められ『鷹取総合病院』次期院長・鷹取と形だけのお見合い結婚をすることに。女癖の悪い医者にトラウマをもつ沙帆は、鷹取を信用できずにいたが、一緒に暮らすうち、俺様でありながらも、優しく紳士な鷹取に次第に惹かれていって…!?

ISBN 978-4-8137-0657-1／定価：本体630円＋税

『愛され婚～契約妻ですが、御曹司に甘やかされてます～』　鳴瀬菜々子《なるせななこ》・著

平凡なOLの瑠衣は、ある日突然CEOの月島に偽装婚約の話を持ち掛けられる。進んでいる幼馴染との結婚話を阻止したい瑠衣はふたつ返事でOK。偽装婚約者を演じることに。「俺のことを絶対に好きになるな」と言いつつ、公然と甘い言葉を囁き色気たっぷりに迫ってくる彼に、トキメキが止まらなくて…。

ISBN 978-4-8137-0658-8／定価：本体640円＋税

タイトル、価格等は変更になることがございますのでご了承ください。